KB072647

리턴 레이드 헌터

FUSION FANTASTIC STORY

인기영 장편소설

Return Raid Hunter

리턴 레이드 헌터 ㄱ

인기영 장편소설

초판 1쇄 찍은 날 § 2016년 3월 23일
초판 1쇄 펴낸 날 § 2016년 3월 30일

지은이 § 인기영
펴낸이 § 서경석

편집책임 § 이창진

펴낸곳 § 도서출판 청어람
등록번호 § 제387-1999-000006호
등록일자 § 1999. 5. 31
어람번호 § 제1-2387호

주소 § 경기도 부천시 원미구 부일로 483번길 40 서경B/D 3F (우) 14640
전화 § 032-656-4452 팩스 § 032-656-4453
http://www.chungeoram.com
E-mail § chungeorambook@daum.net

ISBN 979-11-04-90715-9 04810
ISBN 979-11-04-90450-9 (세트)

FUSION FANTASTIC STORY

인기영 장편소설

7 [완결]

리턴 레이드 헌터

Return Raid
Hunter

리턴 레이드 헌터

Return Raid Hunter

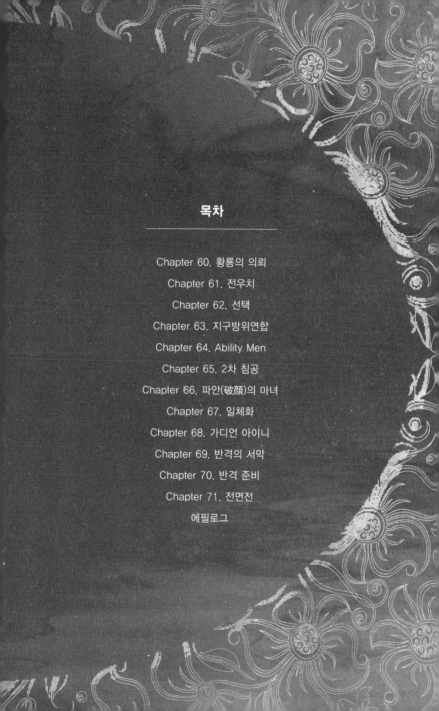

목차

Chapter 60.
황룡의 의뢰

"이거 정말 놀랍군."

마스터 성이 모니터를 가득 채운 수백 명의 신상 명세를 보며 혀를 내둘렀다.

초월고리회의 과학은 외부의 어떤 기술로도 따라올 수 없었다. 따라서 초월고리회가 독자적으로 구축한 슈퍼컴퓨터의 방화벽을 뚫을 수 있는 방법 또한 존재치 않았다.

한데 전율은 그걸 단 한순간에 뚫어버렸다.

그것도 어떠한 기계장치의 힘도 빌리지 않고서!

사실 이게 가장 놀라웠다.

사람이 어떻게 기계에 손을 대는 것만으로 컴퓨터 시스템을 해킹해, 자기 마음대로 조종할 수 있단 말인가?

상식적으로 말이 안 되는 상황이었다. 그런데 전율은 그것을 해냈다. 귀신이 곡할 노릇이었다.

"전율 씨, 이게 어떻게 가능한 건지 설명을 부탁드려도 되는지?"

"설명해도 이해하지 못할 겁니다. 그보다 제가 흘려 넣은 자료, 빨리 백업해 두시는 게 좋을 겁니다."

마스터 성이 박진완에게 시선을 보냈다.

박진완이 입에 문 빵 부스러기를 털어내고서 키보드를 타타탁 두들겼다.

"백업 완료했습니다."

그제야 전율은 기기에서 손을 뗐다.

그러자 초월고리회의 시스템이 비로소 정상화되었다.

"어떻게 한 건지 말해주실 수 없나요?"

유일한 수뇌부이자 마흔이 넘은 노처녀임에도 엄청난 동안을 자랑하는 서지율이 부탁했다.

전율이 딱 보니 고집 가득한 얼굴이 어지간해서는 그냥 넘어갈 것 같지 않았다.

마스터 성은 서지율이 전율을 물고 늘어지기를 은근히 바라고 있었다.

그 역시 지금의 상황이 궁금하기는 매한가지였기 때문이다.

서지율이 누구인가?

궁금한 게 있으면 대답을 들을 때까지 물고 늘어지는 독종이다. 아무리 전율이라고 해도 그녀의 손아귀에서 호락호락 벗어날 수는 없을 것이라 생각했다.

그런데.

"전 한번 뱉은 말을 번복하는 경우는 거의 없습니다. 확실히 얘기해 두죠. 어떻게 한 거냐구요? 무척 복잡한 시스템이고, 개인적 사정이 있어서 대답해 줄 마음이 없습니다. 알아들었습니까?"

전율이 무척 사납게 대꾸했다.

그에 사령실의 사람들이 일제히 서지율의 눈치를 살폈다.

요새 한창 노처녀 히스테리 때문에 자주 폭발해 버리는 그녀였기 때문이다.

가뜩이나 마녀라 불리는데 짜증과 화가 가중되었으니 터지면 누구도 말리기 힘들었다.

그런 서지율을 전율은 제대로 건드렸고, 이제 터지는 일만 남았다.

그런데.

"…알겠어요. 불쾌했다면 사과드리죠."

서지율이 대번에 꼬리를 말았다.

요원들은 갑자기 안 하던 짓을 하는 서지율에게 놀란 시선을 던졌다.

그녀가 변한 이유? 전율의 최면 때문이었다.

서지율 본인도 자신이 왜 전율의 말을 듣는 건지 이해할 수 없었다.

서지율을 정리한 전율이 다시 마스터 성과 대화를 이어나갔다.

"백업해 둔 자료에 있는 사람들을 한 달 동안 얼마나 데려올 수 있습니까?"

"전율 씨의 말은… 납치라도 하라는 것으로 들리는군요."

"그렇습니다."

"그건 위법행위입니다만."

"위법이 되지 않도록 알아서 잘 꼬드겨 오십시오. 요는 여기까지만 데리고 오면 그다음부턴 그들이 자발적으로 이능력자가 되어 우리 일을 돕겠다고 나서게 만들 수 있습니다."

"어떻게 그런 일이 가능한지 묻고 싶지만, 역시 대답 안 해주실 건가요?"

"자꾸 과정을 궁금해하시는데, 결과가 중요한 것 아닙니까?"

"여기서 제가 한 마디만 더 하면 닭이 먼저냐 달걀이 먼저냐 하는 설전이 오갈 것 같으니 그만하도록 하죠. 아무튼 알겠습니다. 요구하신 대로 한 달 내에 최대한 많은 이들을 한국으로 불러들이겠습니다. 그들과 대면할 장소는 따로 찾아서 공지해드리도록 하지요. 아직 이능력자가 되지도 않았는데 초월고리회의 지부에 발을 들이도록 할 수는 없으니까요."

"한 가지 요구 조건이 더 있습니다."

"들어볼까요?"

"제 명의로 사들인 땅이 있습니다. 그곳에 이능력자들이 지낼 수 있는 건물을 지어주십시오. 최대한 크고 넓게. 둘이서 한 방을 사용할 수 있는 숙소 형태면 될 듯합니다."

"그런 부탁이라면 어려울 게 없습니다. 안 그래도 그 문제에 대해 생각하던 참이었습니다. 자금은 초월고리회 측에서 전부 부담하도록 하겠습니다."

"좋습니다."

"이제 거래는 끝난 건가요?"

"그쪽에서 최소 백 명 이상의 이능력자 후보를 데려온다면 완벽하게 끝나겠죠."

"무조건 데려올 겁니다."

"믿겠습니다."

"후우. 크게 밀고 당기기를 한 것도 아닌데 진이 빠지는군 요."

마스터 성이 땀을 닦아 털어내는 시늉을 했다. 진짜로 땀을 흘리지는 않았지만, 진이 빠진다는 건 정말이었다.

전율과 얘기를 나눈 건 사실 거래랄 것도 없었다.

있던 사실을 한 번 더 자세하게 정리한 게 전부였다.

마스터 성은 지금껏 살아오면서 세계 굴지의 대부호, 혹은 어둠의 정치 세력들과도 당당하게 줄다리기를 했던 사람이다.

그런데 전율 한 명 상대하는 것이 이렇게도 힘이 들 줄은 몰랐다.

그만큼 전율이 주는 압박감은 강렬했다.

"공사는 바로 착수해 주셨으면 합니다."

"얼마든지요. 그럼 한 달 후에 다시 뵙도록 하죠. 그땐 초월 고리회가 아닌, 지구방위연합 어스 뱅가드란 이름으로 맞이하겠습니다."

마스터 성이 손을 내밀어 작별의 악수를 청했다.

전율이 그의 손을 맞잡아 가볍게 흔들었다.

＊　　　＊　　　＊

전율과 멤버들에게 한 달이라는 시간이 생겼다.

전율은 일단 멤버들과 함께 펜션으로 돌아왔다. 물론 돌아올 때 역시 리무진 버스를 대절받았다.

전율은 펜션에서 멤버들과 일주일간 함께 지내기로 했다.

마스터 콜을 함께 돌며 그들 한 명 한 명의 수준을 정확히 파악한 뒤, 혼자서 도전해도 안전할 법한 층수를 각각 정해주기 위해서였다.

그다음부터는 일상 속에서 개별적으로 마스터 콜에 접속해가며 실력을 쌓으라 할 참이었다.

2차 외계 종족이 침략하기까지는 앞으로 6개월이라는 여유 시간이 있다.

그동안 마스터 콜의 힘을 이용해 전율과 멤버들은 얼마든지 더 강해질 수 있었다.

뿐만 아니라 초월고리회의 도움으로 새로운 전력이 보강될 것이다.

마더가 초월고리회에게 넘겨준 이능력자들 명단은 가지고 있는 것의 십분의 일 정도 수준이었다.

6개월간 얼마나 많은 이능력자들을 각성시켜 키우게 될지 모르나 그 수가 족히 수백은 넘을 것이라 전율은 자신했다.

사실 레모니아가 만든 마스터 콜은 이 정도까지 큰 효율을 발휘하는 시스템이 아니었다.

한데 전율이 기형적으로 빠르게 성장하면서 마스터 콜의 효율을 몇 배 이상 끌어 올려 버린 것이다.

이 상태로라면 2차 외계 종족의 침입이 있더라도 그들의 침략 지역이 어딘지만 예측해서 미리 방어한다면 인류의 희생을 얼마든지 막을 수 있었다.

물론 단 한 명도 죽지 않게 한다는 건 무리가 있었다.

그들이 도심지 같은 곳에 나타나면 어쩔 수 없이 죽어나가는 이들을 생겨난다.

어스 뱅가드는 그렇게 희생되는 목숨을 하나라도 더 구하는 데 의의를 둬야 한다.

펜션에 도착한 뒤, 전율은 멤버들과 함께 오랜만에 마스터 콜에 접속했다.

그들이 첫 번째 마스터 콜에서 발을 디딘 곳은 지하 5층이었다.

                    *   *   *

일주일의 시간이 빠르게 흘러갔다.

그동안 전율도 다른 멤버들도 크게 성장했다.

처음 나흘 동안 전율은 항상 마스터 콜에서 멤버들과 같은 층을 돌았다.

하지만 오 일째부터는 다른 층을 돌았다.

멤버들 역시 몰려다니지 말고 각자 전율이 정해준 층을 따로 돌게끔 했다.

슬슬 혼자서 안전하게 클리어할 수 있는 층이 어디인지 파악해야 했기 때문이다.

평균적으로 멤버들은 지하 4층까지는 쉽게 클리어했다. 그렇다고 전부 지하 3층으로 보내기엔 혹시 모를 변수까지 생각했을 경우, 완전히 안전할 수 있는 실력이라 보긴 어려웠다.

해서 전율은 김기혜, 장철수, 조하영에게만 지하 3층의 진입을 허락하고 나머지 멤버들은 지하 4층 위로 올라가지 말라고 당부했다.

이후 멤버들을 전부 일상으로 돌려보낸 전율은 집으로 돌아왔다.

평일 오후에 찾은 집엔 아무도 없었다.

이유선은 식당에, 전대국은 작업실에, 소율이는 학교에, 그리고 하율이는 아마도…….

"용식 형님과 데이트하는 중이겠지."

용식이를 만나기 전에는 거의 집에서만 지내는 집순이가 하율이었다.

한데 용식이와 사랑을 꽃피우기 시작하면서는 자주 집을 비우는 모양이다.

사랑은 사람을 변하게 하는 가장 큰 이유인 것 같다고 전율은 생각했다.

　집으로 돌아온 전율은 침대에 누워 상태창을 열었다.

〈전율 님의 능력치〉

[오러]
랭크 : 12
성장도 : 58%
색 : 보라색
　사용 가능 기술 : 오러 피스트(Aura Fist), 오러 애로우(Aura Arrow), 오러 피스톨(Aura Pistol), 오러 버서커(AuraBerserker), 오러 플라즈마(Aura Plasma)

[마나]
랭크 : 11
성장도 : 12%
　사용 가능 기술 : 뇌섬(雷殲), 속박뢰(束縛雷), 뇌암(雷暗), 뇌호(雷護), 뇌전(雷電)의 창(槍), 뇌창(雷猖), 폭뢰(爆雷), 지뢰(地雷), 뇌격(雷隔), 뇌신(雷神), 벽력멸(霹靂滅)

[스피릿]
랭크 : 9

성장도 : 29%

사용 가능 기술 : 위압(危壓), 호의(好意), 지배(支配), 최면(催眠), 신안(神眼)

테이밍 가능한 생명체의 수 : 8/15

테이밍된 생명체 : 초백한, 칠미호, 디오란, 환, 청룡, 백호, 주작, 현무.

[착용 중인 아이템]

─마갑 데이드릭〈귀속〉: S급 아티팩트. 제5형태. 600,000링을 흡수하면 성장함.

─마검 이슈반〈귀속〉: A+급 아티팩트. 궁극의 형태.

*데이드릭 세트 효과 발동. 힘 10% 강화.

전율의 세 가지 능력은 전부 한 단계씩 랭크 업을 했다.

그로 인해 새로 얻은 기술은 없지만, 각각의 힘이 전과 비교도 할 수 없을 만큼 강해졌다.

전율은 상태창에서 마갑 데이드릭을 터치했다.

그러자 새로운 창이 나타났다.

─마갑 데이드릭을 성장시키겠습니까?

[예/아니요]

전율은 펜션에서 지낸지 5일째 되는 날부터 가장 링을 많이 얻을 수 있는 층만 골라서 마스터 콜에 접속했다.

그 결과 80만 링 정도를 얻게 되었다.

전율이 '예'를 터치했다.

그러자 마갑 데이드릭이 저절로 소환되어 전율의 몸에 착용되더니 검은 연기를 흩뿌리며 형태 변화를 일으켰다.

현재 데이드릭은 상체를 완벽하게 감싸고, 하체는 발목에서 무릎까지를 감싸는 형태였다.

거기서 한 번 더 진화한 데이드릭은 하반신까지 전부 감싸며 비로소 최종 형태가 되었다.

[마갑 데이드릭(최종 형태)-〈S등급〉 마력이 담긴 갑주. 착용자의 신체 능력을 여섯 배 이상 끌어 올려주며 물리, 마법 공격의 대미지를 45% 감소시키며 모든 속성의 내성이 55% 증가한다. 착용 시 착용자의 피를 지속적으로 흡수한다.]

"됐어."

데이드릭의 정보를 확인한 전율이 활짝 미소 지었다.

이것으로 그가 지니고 있는 두 개의 아티팩트는 전부 최종 형태의 진화를 마쳤다.

＊　　　　＊　　　　＊

요즘은 전율의 하루하루가 상당히 여유로웠다.

마스터 콜에 접속하는 것을 제외하면 널널했다.

가족과 함께 지낼 수 있는 시간이 많다는 건 전율에게는 행복이었다.

아울러 전율은 초월고리회의 도움을 받아 가지고 있는 자금을 어마어마하게 불려 나갈 방법을 찾았다.

초월고리회는 세계 최고의 대부호라 일컫는 로스차일드가(家)와도 연이 닿아 있었다.

로스차일드가는 세계 금융을 뒤에서 쥐락펴락하는 어마어마한 검은손이다. 지구의 금융시장 자체를 그들이 휘어잡고 있다고 해도 과언이 아니다.

초월고리회는 이런 대단한 가문과 단순히 연만 닿아 있는 게 아니라 종종 모종의 거래도 일삼으며 정보를 주고받는다.

그런 입장이다 보니 세계 각국의 금융권에 대한 정보도 빠삭했다.

물론 전율은 이러한 사실을 이미 알고 있었다.

초월고리회라는 집단을 이미 미래에 겪어봤기 때문이다.

해서, 그는 한국 주식 시장에 관한 확실한 정보를 초월고리회 측에 요청했고, 초월고리회는 앞으로 크게 성장할 것이 확실한 종목 몇 가지를 짚어주었다.

전율은 수중에 있는 돈을 그 종목들에 전부 나누어 투자했다.

한편, 신북읍의 건물도 예정대로 빠르게 지어지는 중이었다.

한 달이 거의 다 되어가는 시점에서 건물은 사분의 일 정도

시공이 되어 있었다.

건물이 올라가는 것만큼 주식에 투자한 전율의 자금도 계속해서 덩치를 불려갔다.

그렇게 초월고리회와 약속한 한 달의 시간이 흘렀다.

초월고리회는 신용이라는 것을 중요하게 생각하는 이들이다. 오늘이 지나가기 전에 분명 연락이 올 터였다.

전율은 조급해하지 않고 느긋하게 연락을 기다리며 일상을 보내고 있었다.

홀로 집에 앉아 평소 잘 보지 않던 텔레비전을 시청하며 시간을 죽였다.

평소 같지 않은 여유에 여유가 중첩되어서였을까?

기분이 이상했다.

과거로 회귀하고 나서 늘 무언가에 쫓기듯 달려오기만 했었다. 흘러가는 일상에 몸을 맡기지 못했다.

한 달 전에 그는 자신이 키운 이능력자들과 함께 외계 종족의 침공을 막아냈다.

그런데 지금은 아무 일도 없다는 듯 느긋하게 소파 위에 축 늘어져 있었다.

전율의 주변 사람들은 아무도 전율이 지구를 지키기 위해 애썼다는 것을 알지 못한다.

그는 지금 일상과 비현실적인 세상에 양쪽 다리를 걸치고 서 있었고, 그것은 기이한 기분이 들게 만들었다.

환생하고 나서는 한 번도 스스로가 해야 할 일에 대해, 스스로의 존재 의의에 대해 의심한 적이 없었다.

오로지 가족을 지켜야 한다는 목표 하나만 가지고 달려왔다.

그런데 점점 평안함에 녹아드는 요즘, 가족들을 지키는 것, 정말 그것만이 자신의 존재 의의가 맞는지, 그게 최고의 행복이 맞는지에 대한 의문이 이따금씩 들었다.

전율은 갈수록 전투 병기처럼 변해갔다. 그것은 어느 순간 마치 스스로가 차가운 기계 같다는 기분이 들게 했다.

이제는 그의 몸속에 흐르는 피까지도 차가운 게 아닐까 싶었다.

가족들을 지키는 게 문제가 되는가? 아니, 오히려 그가 분명히 해야 할 소중한 일이다. 문제는 다른 데에 있었다.

그게 무언지 전율은 고민했다.

텔레비전에서 나오는 영상과 소리는 전혀 들어오지 않았다.

그러다 어느 순간 아, 하는 탄성이 터졌다.

'내가 나를 위해서 한 건 뭐가 있지?'

정작 전율은 자기 자신을 위해 시간을 투자한 적이 없었다.

그가 강해진 것도, 돈을 많이 번 것도, 전부 가족을 위해서 그랬던 것이다.

자기애.

정말 중요한 그것이 빠져 있던 전율이었다.

그래서 이런 저런 생각을 할 여유가 없을 땐, 폭주하는 기관 차처럼 마냥 앞으로 질주했었다.

한데 여유가 찾아오니 가슴속 허전함이 고개를 들었고, 그 원인의 본질이 생각의 문을 두들겼다.

'그랬군.'

전율은 너무 자기 자신을 돌보지 않았음을 알았다.

그것은 단순히 건강관리를 한다든가 하는 것과는 거리가 먼 이야기였다.

마음을 돌봐야 했다.

지금이라도 그것을 알게 된 것이 다행이었다.

만약 이것을 지금 알아채지 못하고 더 시간이 흐른 뒤, 전율이 지칠 대로 지쳤을 때 알아채게 되었다면 그땐 돌이킬 수 없이 무너졌을지도 모를 일이다.

'날 위해서 무엇을 해야 하지?'

전율은 생각을 전진시켰다.

문제를 알았으니 해결책을 찾아야 했다.

한데 무얼 하면 좋을지 도통 알 수가 없었다.

전생에는 가족 따위 안중에도 없이 그저 제 좋을 대로 사느라 시간을 허비했는데, 지금은 무얼 해야 좋을지 모르니 참 아이러니했다.

그때 스마트폰의 벨이 울렸다.

발신자는 지우였다.

오래간만의 연락이었다.

전율이 전화를 받았다.

"응, 지우야."

─율아, 잘 지냈어?

　"그래. 너는?"

　─나도. 크게 별일 없었어. 하늘에 그 이상한 얼굴 떠올랐다가 사라진 거 빼면. 진짜 세상이 어떻게 되려나 봐.

　"어쩐 일로 전화했어?"

　─어? 아… 그냥. 생각나서. 뭐 하는가 하고. 오늘 혹시 시간 되면 커피나 한잔할래?

　전율은 지우의 말투 속에서 확연히 느꼈다.

　그녀가 자신에게 오늘 중요한 얘기를 하려 한다는 것을. 그에 지우에 대한 전율 본인의 마음이 어떤지 가만히 생각해 보았다.

　─율아? 오늘 바빠?

　생각을 끝낸 전율이 대답했다.

　"아니, 지금 보자."

　　　　　*　　　　　*　　　　　*

　지우의 집 근처 카페에서 두 사람은 만났다.

　지우는 전율을 대하는 태도가 평소 같지 않았다.

　무언가 할 말이 있는 사람처럼 우물쭈물거리다 두서없는 얘기들을 던지는가 하면 시선은 어디 한 곳에 있지 못한 채 계속해서 방황했다.

　"지우야."

"응?"

"하고 싶었던 말 해. 내 성격 알잖아."

"그래… 알지. 응, 알았어. 할게."

지우가 후우우, 하고 깊이 심호흡을 했다. 그녀는 전과 달리 전율의 눈을 똑바로 바라보며 물었다.

"율이 넌… 나 어떻게 생각해?"

"지우 너는 나를 친구 이상으로 생각하지?"

"어?"

대답 대신 정곡을 찌르는 물음이 튀어나오니 지우는 당황했다.

하지만 이내 고개를 끄덕였다.

"응."

"고맙다. 날 그렇게 생각해 줘서."

전율의 그 한마디에 지우는 온몸의 힘이 쭉 빠져나갔다.

'아… 율이는……'

그녀의 커다란 눈에 오롯이 전율의 모습만 가득 담겼다.

전율의 입술이 망설임 없이 움직여 다음 얘기를 쏟아냈다.

"하지만 난 너만큼이 아니야."

"……"

정확하고 확실하게 선을 긋는 전율에게 지우는 무슨 말을 해야 할지 몰랐다. 그저 멍했다.

"그래, 어느 순간… 그게 언제라고 정확히 말은 못 하겠지만 나도 너를 친구 이상으로 생각했던 적이 있었어. 그런데 지금은 아니야."

"그렇… 구나."

지우의 가슴에 비수가 날아와 꽂혔다.

그녀의 아픔이 전율에게도 고스란히 전해졌다.

전율은 지우에게 미안했다.

담담하게 그녀를 밀어내는 것 같지만 사실 많은 용기가 필요했다. 다만, 이런 문제는 확실히 해두는 게 가장 좋다는 걸 알기에 정확한 대답을 담백하게 내놓을 뿐이었다.

'미안하다, 지우야.'

지우의 전화를 받고, 그녀의 약간 상기된 음성을 듣는 순간 전율은 지우에 대한 자신의 마음이 어떠한지 생각했다. 그러자 생뚱맞게도 또 다른 얼굴이 떠올랐다. 이제린이었다.

그것이 전율의 마음이었다.

그리고 그가 지금 가장 하고 싶은 것, 그건 이제린의 생사 여부를 확인하는 것이었다.

그다음은 그녀와 재회하는 것, 그녀를 끌어안는 것, 그녀와 다른 연인들처럼 지내보는 것, 그것이 지금 전율이 스스로를 위해서 할 수 있는 일, 하고 싶은 일이었다.

안타깝게도 지우의 전화 한 통이 전율로 하여금 그러한 것들을 알게 해주었다.

"혹시 내가 너한테 나도 모를 실수 같은 걸 한 거니?"

지우가 용기를 내어 더 물었다.

전율이 고개를 저었다.

"아니. 그런 게 아니야."

"그럼……? 아."

지우가 알겠다는 얼굴로 입을 다물었다.

씁쓸한 미소를 머금고 전율을 바라보던 그녀가 차오르는 눈물을 애써 참으며 말했다.

"나보다 더 좋아하는 사람이 생겼구나."

"응."

"언제부터?"

"얼마 되지 않았어."

"하… 이렇다니까. 나 진짜 타이밍을 잘 못 맞추는 것 같아. 내 주변 친구들은 내가 눈이 높아서 연애를 못 하는 줄 아는데, 그런 거 아니야. 늘 타이밍이 문제였어. 그런데 이번에도 똑같네."

괜한 농담을 던지며 지우가 고개를 푹 숙였다.

더는 참지 못해 떨어지는 눈물을 어떻게든 감추고 싶었다.

율이 그런 지우를 향해 손을 뻗었다.

그런데.

"율아."

미처 손이 어깨에 닿기도 전, 지우의 음성이 그의 움직임을 막았다.

"응."

"지금 나 위로해 주면 더 힘들어질 것 같아."

"…응."

"본인한테 차인 여자한테 끝까지 잘해주지 마. 안 좋은 행동이야."

"…그래."

"미안. 지금 네 얼굴 더 못 볼 것 같아. 나 먼저 일어날게."

지우가 벌떡 일어나 황급히 카페를 나섰다.

차창 밖으로 멀어져 가는 그녀의 모습이 위태로워 보였다.

전율의 눈에 복잡한 심경이 그대로 어렸다. 지우의 모습이 완전히 사라지고 나서야 전율은 차창에서 시선을 돌렸다.

테이블 위엔 지우가 시켜놓은 바닐라 라떼가 아직도 따뜻한 김을 피우고 있었다.

*   *   *

카페 밖으로 나온 전율은 평소 운동을 하기 위해 자주 찾던 동네 뒷산 공터로 향했다.

그곳에서 한 번 더 생각을 정리했다.

지금 자신이 하고 싶은 것, 그건 온통 이제린과 연관되어 있었다. 한데 지금 이제린은 그 생사조차 불분명했다.

이제린의 의붓오빠인 이도르 에틸은 에르펜시아에서 줄곧 이제린이 도착하길 기다리는 중이었다.

그는 희망이 끈을 놓지 않고 있었다.

'에르펜시아로 갈까?'

전율에게도 이제린을 만날 방법은 에르펜시아에 가보는 것밖에 없었다.

하지만 오늘 중으로 초월고리회에서 연락이 올 터였다.

사적인 감정으로 인해 큰일을 망칠 수는 없는 노릇이다.

전율이 안타까운 마음을 할 수 없이 꾹 누르고 있는데, 갑자기 환이 시끄럽게 떠들어대기 시작했다.

[어라라라라! 이, 이 기운! 느껴지십니까요? 사방신님들! 그, 그분이 오십니다요!]

환에 이어 사방신들도 입을 열기 시작했다.

[느껴진다.]

[이 강렬한 기운은 언제 느껴도 기분이 좋군!]

[그분이다.]

[이상한 일이네~? 그분께서는…….]

[우리가 먼저 찾지 않으면 스스로 움직이시는 법이 없는데~?]

차례대로 주작, 청룡, 백호, 현무의 말이었다.

"그분?"

전율의 물음에 환이 즉각 대답했다.

[황룡님이세요!]

"오방신 황룡?"

[네! 저를! 아니, 저랑 사방신님들 전부를 소환시켜 주세요!]

그러자 칠미호가 끼어들었다.

[나도! 오방신인지 뭔지 제대로 봐야겠어.]

"소환. 칠미호, 환, 청룡, 백호, 주작, 현무."

전율의 부름에 여섯의 소환수가 모습을 드러냈다.

그때 갑자기 하늘이 어두워지더니 안개처럼 짙은 구름이 몰려들었다.

이윽고 천둥 번개와 함께 강맹한 기운이 숲의 공터에 내리꽂혔다.

콰르르릉!

세상이 하얗게 명멸하고 다시 제 모습을 되찾았을 때, 전율의 머리 위에는 황금빛을 발하는 거대한 용이 강림해 있었다.

오방신수 황룡이었다.

　　　　*　　　　　*　　　　　*

"와우! 위엄 쩌네?"

칠미호가 일곱 개의 꼬리를 살랑살랑 흔들며 입술을 핥았다.

황룡의 앞에 사방신 넷이 넙죽 엎드려 고개 숙였다.

사방신을 지그시 바라보는 황룡의 덩치는 실로 어마어마했다. 어찌나 몸집이 큰지, 사방신 넷이 어린아이처럼 보일 정도였다.

"다들 고개를 들거라."

황룡의 허락이 떨어지자 사방신들은 조아렸던 고개를 천천히 들어 올렸다.

주작이 황룡에게 다급히, 그러나 경박하지 않은 어조로 물었다.

"어찌하여 스스로 거동을 하셨습니까."

"여러 가지로 궁금한 게 많았다. 너희 사방신들이 스스로 소환수가 되기를 택하게 만든 전율이라는 인간도, 요즘 내 심기를 건드리는 악령도."

그 소리에 청룡이 고개를 갸웃거렸다.

"악령이라 하심은?"

"그건 나중에 이야기하는 게 좋겠구나."

"그리하십시오."

청룡이 바로 대답했다.

황룡과 사방신들은 확실한 상명하복의 모습을 보여주고 있었다. 그 고집스럽고 자존심이 센 청룡조차도 황룡의 한마디에는 바로 뜻을 굽혔다.

황룡의 시선이 전율에게 향했다.

"그대가 전율인가?"

"그렇다."

전율은 황룡 앞에서도 자세를 낮추지 않았다.

이는 사방신들의 심기를 충분히 건드렸지만 아무도 함부로 나서지 않았다.

감히 황룡과 함께 있는 장소에서 언성을 높일 수도 없었거니와 현재는 전율의 소환수이기에 막 대하는 것이 어려웠다.

하지만 정작 황룡은 전혀 불쾌감을 느끼지 않은 표정이었다.

"이렇게 만나게 되어 반갑구나."

"나 역시."

"난 인간들의 세계와 조금 동떨어진 곳에서 그대의 행보를 지켜보고 있었어. 그대가 환을 소환수로 삼던 그 순간부터 말이야."

다른 사방신들은 환을 통하지 않으면 그 어떤 연락도 할 수가 없는 것과 달리 황룡은 환과 사방신의 눈으로 모든 상황을 보고 들을 수 있었다.

"감상은?"

전율이 물었다.

황룡의 입가에 은은한 미소가 어렸다.

"흥미롭더구나."

"굳이 날 보러 온 이유가 무엇인지 궁금하군."

"네가 비앙느라는 외계 종족의 침략에 맞서 싸우던 광경은 퍽 인상적이었지."

"일단 칭찬은 고맙게 받을 테니 본론부터 얘기하지?"

"사방신들은 바보가 아니야. 그들이 그대를 선택했다면 필시 그것이 지구의 위기를 막기 위해 확실한 방법일 터. 해서 나 역시 그대에게 지구의 명운을 걸어보기로 했다."

"……!"

하나같이 놀란 사방신들의 시선이 황룡에게 향했다.

하지만 정작 황룡의 폭탄선언을 들은 당사자 전율은 담담하기만 했다.

"내 소환수가 되겠다는 건가?"

"그 담담함은 꾸며진 것이 아니군."

"긴장이라도 하길 원했나?"

"그랬다면 실망했겠지. 넌 날 소환수로 둘 자격이 충분하다. 이미 네 힘은 나를 훨씬 능가했으니."

그것은 사방신들도 이미 알고 있는 사실이었다.

하나, 쉽사리 인정할 수가 없었다.

그들이 모시는 황룡보다 강한 인간이라니, 사방신 입장에서 심히 자존심이 상하는 일이었다.

그러나 정작 황룡은 아무렇지도 않았다.

황룡 역시 전율처럼 그릇이 큰 오방신이었다. 그는 결코 작은 것에 연연하지 않았다.

"스스로 나타나 소환수가 되어주겠다고 하니, 고맙다."

"하나, 조건이 있다."

"조건?"

"방금 말했던 악령에 관한 것이다."

"아, 그거. 들어보지."

"얼마 전부터 계속 내 신경에 거슬리는 악령이 있었다. 처음 엔 별것 아닌 악령이었건만, 시간이 흐를수록 빠르게 힘을 키워가더니 지금은 어지간한 퇴마사도 건드릴 수 없는 수준이 되었지."

"요컨대 그 악령을 잡아달라는 건가?"

"그렇지. 넌 신안(神眼)이 있으니 악령도 볼 수가 있을 것이다. 게다가 정신의 힘을 다루니 얼마든지 악령을 제압하는 게 가능하겠지."

"왜 스스로 나서지 않고 내게 부탁하는 거지?"

"나는 사방신과 같이 지구가 멸망의 위기에 처하지 않는 한 철저히 방관자의 입장을 고수해야 하기 때문이야."

"방관자이긴 하지만 신경은 쓰이고, 거래라는 명목으로 은근 슬쩍 나한테 떠넘기겠다?"

"그렇게 봐도 무관하겠지."

"좋아. 받아들이지. 악령을 잡아 오겠어."

전율이 자신 있게 말했다.

그에 황룡이 그를 지그시 바라봤다.

"자만하다가는 아차 하는 순간에 네가 당할 수도 있다."

"악령 따위에게?"

"그 악령은 그대와 같이 신수들을 조종할 수 있다. 아니, 조금 다르겠군. 그대는 길들이는 것이고, 악령은 강제로 제압해 채찍을 휘두르는 것이니."

신수를 다루는 악령이라는 말에 사방신들이 서로 시선을 주고받았다.

그런 악령은 신수들로서도 들어본 적이 없었다.

감히 악령 주제에 신수를 제멋대로 부리려 하다니?

괘씸하기 그지없었다.

청룡은 분노를 참지 못하고 낮게 으르렁거렸다.

그에 환이 괜히 겁을 먹어 바닥에 납작 엎드렸다.

"아이고!"

황룡이 앞에 강림한 것만으로도 다리가 후들거리는데, 청룡까지 심기 불편한 울음을 흘리니 앞뒤로 곤욕이었다.

전율은 청룡이 그러거나 말거나 계속 대화를 이어나갔다.

"악령이 얼마나 많은 신수를 부리기에 조심하라는 거지?"

"딱 셋이다. 하지만 그 신수들이 보통이 아니지."

그 순간 사방신들은 동시에 불안함을 느꼈다.

주작이 조심스레 황룡에게 말을 건넸다.

"혹… 그 세 명의 신수가 해태, 기린, 봉황입니까?"

"그렇다."

"끄으응!"

여태껏 아무 말 없이 귀만 열고 있던 백호가 앓는 소리를 냈다.

해태와 기린, 봉황 모두 보통이 아닌 신수였다.

하나하나가 사방신과 필적한 힘을 가진 신수들로서 감히 악령 따위가 어찌할 수 없는 이들이었다.

"황룡이시여! 그 찢어 죽여도 시원찮을 파렴치한 악령 녀석을 제가 잡아 오겠나이다!"

가장 호전적인 청룡이 결국 참지 못하고 분개했다.

황룡이 그런 청룡을 달랬다.

"어차피 너희들을 길들인 인간이 악령을 잡겠다 하면 자연스레 마주하게 될 것이다. 전율, 그대는 내 제안을 받아들이겠는가?"

"악령을 퇴치해서 신수들을 해방시켜 주면 되는 건가?"

"그렇지."

"딱히 어렵지는 않을 것 같군."

"한 번 더 말하지만 방심하지 말거라. 악령의 힘은 신수들을 지배할 정도로 강하며, 악령이 조종하는 신수들은 기기묘묘한 힘을 사용해 정신을 흔들어놓으니 조금이라도 방심의 틈이 열린다면 그대가 아무리 대단한 힘을 지녔다고 해도 당하게 될 것이다."

황룡이 연거푸 조심하란 말을 강조하는 걸 보면 무작정 쉽게 볼 수만은 없는 전투일 것이다.

"명심하지."

전율은 그런 황룡의 조언을 받아들였다.

"그 악령은 지금 어디에 있지?"

"나는 신수 해태가 악령에게 지배당한 이후부터 줄곧 악령을 주시하고 있었다. 지금 악령은 멀지 않은 곳에서 그대를 향해 다가오는 중이야."

"왜지?"

"그대의 신수들까지 탐을 내고 있기 때문이다."

빠드득!

청룡이 이를 세게 갈았다.

"내 이 고약한 놈을 당장 능지처참하겠습니다!"

그 얌전한 현무마저도 이번엔 화가 났다.

"당돌한 악령이네요."

"감히 우리를 지배하려 들다니요."

현무의 뱀과 거북이 머리가 번갈아가며 불쾌한 어조로 한 마디씩을 해댔다.

"녀석이 있는 곳이 정확히 어디지?"

전율의 물음에 황룡이 허공을 가만히 응시하다 대답했다.

"곧 이곳에 도착한다."

황룡의 말이 끝나는 순간 매서운 칼바람이 휘몰아쳤다. 칼바람 속엔 강렬한 요기가 뒤섞여 있었다.

"오는군."

전율이 요기의 근원지를 찾아 시선을 돌렸다.

칼바람이 점점 더 거세졌다.

휘이이이잉—!

주변의 나무와 수풀이 미친 듯이 흔들렸다.

이윽고 검은 사람 그림자 같은 형태의 무언가가 하늘에서 내려와 전율의 근처에 섰다.

황룡이 말한 그 악령이었다.

악령의 동그랗게 뚫린 두 눈에서는 붉은 안광이 흘러나오고 있었다.

점점 더 거세지던 광풍이 잦아들고, 요사스런 기운만 공터를 가득 덮었다.

생각보다 강렬한 악령의 기운에 사방신은 적잖이 놀랐다.

악령이 그런 사방신과 황룡을 서서히 훑었다. 눈만 있던 검은 그림자의 입 부분이 쫙 찢어졌다. 이어 악령에게서 음습한 음성이 흘러나왔다.

"클클클. 다 가져 주마. 전부 다아… 살아생전 못 이룬 대업의 한을 죽어서라도 이루고 말리라!"

악령의 외침에 세 명의 신수가 허공에 나타났다.

해태와 봉황, 기린이었다.

해태는 사자와 비슷한 모습을 하고 있었는데 생김생김은 더욱 매서웠고 눈은 크고 동그랬으며 정수리에 뿔이 달려 있었다.

봉황은 오색찬란한 색의 깃털이 전신을 뒤덮고 있었고, 다리와 뿌리가 유난히 길었으며 날개는 제 몸집의 세 배 이상 거대했는데 전체적인 외형은 공작새를 닮았다.

기린은 사슴의 몸에 소의 꼬리, 말의 발굽을 갖고 있으며 몸을 덮는 털은 가지각색으로 찬란하기 그지없었다.

신수들 하나하나 풍기는 기운이 예사롭지 않았다.

신수들의 눈은 무언가에 홀린 듯 멍하니 풀어져 있었다.

악령은 신수들의 뒤에 서서 황룡을 올려다보며 물었다.

"네가 가장 맛있어 보이는구나."

도깨비 환이 바들바들 떠는 와중에도 의아하다는 듯 말했다.

"저 악령은 전력 비교가 안 되는 걸깝쇼? 이쪽은 사방신님에다 황룡님, 그리고 전율 님까지 있는데 겁 없이 찾아왔지 말입니다요? 물론 황룡님께서는 싸움에 관여하지 않으시겠지만 말입죠."

"뒈지려고 환장한 거지."

칠미호가 악령을 노려보며 한마디 했다.

그에 황룡이 입을 열었다.

"저 악령은 계속해서 더 큰 힘을 갈망하고 있으며, 그것을 가질 수 있다면 물불을 가리지 않고 달려든다. 자신과 격돌할 세력의 힘이 얼마나 강한지, 자신이 상대할 수 있는지 같은 것에 대해서는 완전히 배제하고 있지. 그저 맹목적으로 힘을 탐하며 질주할 뿐이야."

한마디로 악령은 타오르는 불 속에 원하는 것이 있다면 섶을 지고 있더라도 반드시 그 안으로 몸을 던진다는 얘기다.

공터에 전운이 감돌았다.

사방신은 하늘 높이 날아올라 당장에라도 악령을 씹어 먹을 듯 노려보았다.

그러나 전율의 명령 없이 함부로 움직일 수는 없었다.

"널 먹겠다."

악령의 검은 손이 전율을 가리켰다.

전율은 그런 악령의 정체가 심히 궁금했다.

대체 어떻게 하면 악령 주제에 신수들을 지배할 수 있는 건지 미스터리했다.

"네 이름이 뭐냐."

전율이 악령에게 묻자 악령은 입이 찢어져라 웃으며 대답했다.

"인간의 몸으로 신선의 힘을 얻고자 하였으나 결국 그에 다다르지 못해 천추의 한을 안고 죽어야만 했던 인류 최강의 도

사. 그게 바로 나다."

"이름을 말하라고 병신아."

"클클클! 이렇게까지 말했는데도 이 몸의 이름을 몰라? 잘 들어라! 황진이와 서경덕이 노닐던 송도의 땅에서 태어난 최고의 도술가인 이 몸의 이름은 전우치다!"

"전우치? 전우치의 혼이 악령이 되었다?"

주작이 의외라는 듯 중얼거렸다.

전우치라 하면 초월고리회에서 인류 최강의 초능력자라 일컫는 이였다.

그런 그가 죽어서 무시무시한 악령이 되어 전율의 앞에 서 있었다.

"안타깝군. 초월고리회에서 그토록 높이 사던 인물을 이런 식으로 마주하게 되다니."

"다… 내가 먹겠다."

"경고하지, 전우치. 너, 내가 손쓰기 전에 알아서 승천하는 게 좋을 거다."

Chapter 61.
전우치

사악한 기운으로 가득 찬 칼바람이 몰아쳤다.

전우치의 붉은 안광이 더더욱 강렬한 빛을 발했다.

검은 형체 속에 선명히 박힌 한 쌍의 붉은빛은 흡사 용암의 분화구를 보는 듯했다.

"내 앞에 무릎 꿇어라!"

천둥 울음 같은 일갈이 터져 나옴과 동시에 해태, 봉황, 기린이 도술을 발휘했다.

번쩍! 콰르릉! 우르르르릉!

마른하늘에 날벼락이 떨어지고 격한 지진이 일어났다.

"아이고!"

환이 곧 죽을 것처럼 벌벌 떨며 바닥에 납작 엎드렸다. 그런

환의 뒤에 칠미호가 딱 달라붙어 서 요기를 펼쳤다.

번쩍! 파지직! 지직!

천둥 번개는 무형의 요기에 부딪혀 강렬한 스파크와 함께 소멸했다.

칠미호의 입에 만족스러운 미소가 어렸다.

"꼬리가 일곱 개나 되니, 저 녀석들도 별거 아니네?"

오만하게 턱을 쳐들고 꼿꼿이 선 칠미호의 다리를 환이 덥석 끌어안았다.

"사, 살려주셔서 감사합니다요! 에헤헤!"

"왜 이래? 평소처럼 까불어보지?"

"제가 또 언제 까불었다 그럽니까요? 그나저나 전율 님은……."

제 안위만 챙기던 환은 믿을 구석이 생기자 전율의 안위를 살폈다.

그때 또다시 벼락이 내리치며 지진이 일었다.

번쩍이는 빛 속에 곤두박질치는 화염 덩어리들도 언뜻언뜻 보였다.

불덩이를 소환하는 건 봉황의 도술이었다.

전율은 한자리에 꼼짝도 않고 서서 그 모든 공격을 고스란히 받아내고 있었다.

그는 손가락 하나 까딱하지 않았다. 그럼에도 신수들의 공격은 그의 옷자락 하나 건드리지 못했다.

전율의 주변엔 보랏빛의 막이 형성되어 너울거렸다. 그것은 오러의 힘이었다.

아무리 대단한 신수들의 공격도 마스터의 경지, 그 이상으로 끌어 올린 오러의 힘을 뚫고 들어가진 못했다.

끊이지 않고 계속될 듯한 세 신수의 공격이 잠시 소강상태에 접어들었다.

그 틈을 놓치지 않고 전율의 명이 떨어졌다.

"사신, 신수들을 상대해라."

그 말을 기다리고 있었다는 듯 사신들이 쏜살같이 날아갔다.

콰콰쾅! 콰르르릉! 번쩍! 쿠르르릉!

신수와 신수들의 도술이 격렬하게 부딪혔다.

내리치는 번개는 더욱 거세지고 대지는 사정없이 몸부림쳤다. 서리 먹은 폭풍과 비바람이 휘몰아쳤다. 하늘에서 떨어진 불덩이가 바닥을 온통 불바다로 만들었다.

주변의 모든 것들이 터지고 깨지고 조각조각 짓이겨져서 박살 났다.

지옥도와 같은 풍경이 벌어지는 혼란의 중심에 전우치와 전율은 서로를 노려보며 서 있었다.

"네 목을 가져가겠다."

전우치의 음성은 흡사 동굴 속 깊은 곳에서 울리는 것처럼 웅웅거렸다.

그게 듣기 영 거북했던 칠미호가 쫑긋 선 귀를 틀어막으며 질색했다.

"말할 때마다 역겨워 죽겠네. 우리 주인~ 전우치는 내가 상대하면 안 될까? 대가리부터 발끝까지 처참하게 빨아버릴게. 응?"

"아직 네 상대가 아니다."

단호한 거절에 칠미호의 볼이 부풀어 올랐다.

"그럼 어서 처리해 줘. 생기 흡수해 버리게. 나, 저 녀석 흡수하면 꼬리 하나 더 생길 것 같단 말야."

한 달 동안 전율과 함께 마스터 콜을 돌면서 어마어마한 생기를 빨아들인 칠미호였다.

덕분에 여덟 번째 꼬리를 얻는 것이 코앞이었다.

피처럼 붉은 입술을 핥으며 전우치를 바라보는 칠미호의 눈에 탐욕이 가득했다.

"괜히 나서지 말고 여기서 기다려. 봉인, 환."

환의 몸이 맑은 빛으로 변해 전율의 이마 안으로 스며들었다.

전우치는 먹이를 압박하는 맹수처럼 한 발 한 발을 천천히 내디디며 거리를 좁혔다.

"꼴값한다."

문제는 전율이 아무런 압박도, 공포도 느끼지 못한다는 것 정도.

전율의 신형이 빠르게 튀어 나갔다. 전우치의 몸에서 검은 해무가 확 퍼져 나가 전율을 옭아맸다.

신수들을 자기 것으로 만들었던 지배의 술(術)이었다.

사이한 기운이 살갗을 뚫고 세포 하나하나에 침투하기 시작했다. 그것은 전우치가 신수들을 지배한 도술로 기운이 몸 전체로 퍼지면 정신까지 잡아먹히고, 오로지 전우치의 명에 따라 움직이는 인형으로 변해 버린다.

그러나 상대는 전율이었다.

검은 안개를 파헤치고 질주하던 전율의 몸에서 터져 나가듯 풍압이 일었다.

파아앙—!

동시에 피부 속으로 파고들던 기운이 흩어져 소멸했다.

사이한 기운은 이내 다시 전율의 몸을 탐닉했지만, 안으로 스며들진 못했다.

전율이 스피릿의 힘으로 전우치의 도술을 전부 막아냈다.

그러는 사이 전우치의 지척에 다다른 전율은 주먹을 내질렀다.

"오러 피스톨!"

불을 뿜으며 날아간 주먹에 맺힌 오러가 매서운 폭발을 일으켰다.

콰아아앙!

찰나의 순간 검은 안개가 전우치의 앞으로 모여 육각의 방패로 변했다.

쩌엉!

오러 피스톨이 검은 방패에 작렬하며 충격파와 함께 거센 풍압이 일었다.

쉬이이이익—

그 힘을 견디지 못한 전우치가 허공에 붕 떠서 연기처럼 뒤로 밀려났다.

꽈아앙!

검은 방패가 산산조각 났다. 사방으로 비산하는 파편을 뚫고 전율이 전우치의 코앞으로 짓쳐 들었다.

전우치가 양팔을 크게 벌렸다가 안쪽으로 교차시킨 뒤, 장풍을 쏘듯 앞으로 내밀었다. 그러자 온통 암흑으로 이루어진 거대한 도깨비 한 마리가 울퉁불퉁한 방망이를 들고 튀어나왔다.

스아아아아—!

쩍 벌린 입으로 스산한 기성(奇聲)을 토해낸 암흑 도깨비가 방망이를 휘둘렀다.

꽈르릉!

방망이가 칠흑처럼 검은 번개를 동반하며 전율의 정수리를 내려쳤다. 순간 전율의 움직임이 전보다 더 빨라졌다. 광속을 초월하는 속도였다.

콰아아앙!

검은 번개에 얻어맞은 대지가 푹 파이며 터져 나갔다.

거대한 집채 하나는 족히 들어갈 만큼 넉넉한 구덩이가 생겼고 주변의 돌이며 잡초, 나무들이 모두 잿더미로 변해 흩어졌다.

하지만 그 폐허 속에 전율의 모습은 찾아볼 수 없었다.

퍼억!

"크으으으!"

눈 깜짝할 새, 전우치의 뒤에 나타난 그가 등에다가 주먹을 박아 넣었다.

전우치의 목과 사지가 백팔십도로 돌아갔다.

끼긱! 끼기긱! 두둑! 둑!

등이었던 부분은 순식간에 배가 되었다. 복부 깊숙이 박힌 전율의 팔목을 전우치가 움켜쥐었다. 녀석에게 잡힌 부위가 갑자기 검게 물들었다.

지독한 시독(屍毒)이 침투하려 하는 것이었다.

하나, 전율은 만독불침지체(萬毒不侵之體)다. 시독은 흘러 들어오는 족족 전부 밖으로 다시 빠져나갔다.

전우치의 공격이 무엇 하나 먹혀드는 게 없었다.

"이제 재미없는 장난은 끝내자. 오러 버서커!"

오러를 이용한 기술 중 단일 목표에게 가장 강력한 대미지를 줄 수 있는 오러 버서커가 시전되었다.

다부지게 쥔 두 주먹에 짙은 보랏빛 오러의 덩어리가 맺혔다.

전율의 다리가 복잡 미묘한 보법에 따라 움직이며 몸은 바람에 흔들리는 갈대처럼 너울거렸다. 그리고 주먹이 번개처럼 튀어 나갔다.

픽! 콰앙! 뻐억! 콰아앙!

뻗어나간 주먹 한 번에 거대한 폭발이 뒤따랐다.

"그으으으으!"

전우치는 손가락 하나 까딱하지 못하고 허수아비마냥 모든 공격을 몸으로 받아냈다.

폭발의 위력은 계속해서 강력해졌고, 전우치의 몸이 걸레처럼 찢어져 넝마가 되었다.

퍽!

마지막 열다섯 번째의 주먹이 전우치의 얼굴에 작렬했다.

"그으으으으으!"

콰아아아앙!

어김없이 이어진 폭발에 불꽃의 소용돌이가 일었다.

오러 버서커의 연계기를 전부 받아낸 전우치는 찢어진 종이 인형처럼 너덜거렸다. 녀석의 사념이 약해지며 해태, 봉황, 기린이 일시적으로 도술을 멈췄다.

지배의 술이 잠시 풀린 것이다.

하지만 신수들은 이내 전우치의 꼭두각시 인형으로 돌아왔다. 세 마리의 신수가 주춤했던 만큼 더욱 매섭게 도술을 부렸다.

그러나 사방신을 상대로 약간의 틈을 보인 건 치명적이었다.

사방신은 무섭게 세 마리 신수를 몰아치기 시작했다.

한편 전우치는 볼품없이 짓이겨진 와중에도 전율에게 달려들었다.

이성적 판단 같은 건 전혀 하지 않고, 맹목적으로 강한 상대를 잡아먹기 위한 움직임이었다.

그만큼 지독한 악령이 되어 있었다.

실 끊어진 연처럼 하늘거리며 다가오는 전우치에게 전율이 오른손을 내밀고 마법을 시전했다.

"벽력멸."

마나의 힘으로 시전할 수 있는 가장 강력한 뇌전 마법이었다.

내민 손에서 푸른빛의 마나가 요동쳤다. 이어 하얀 섬광이 어둠을 밀어내며 사위를 잠식했다.

그리고 세상이 흔들렸다.

쾅! 쾅! 쾅! 쾅! 쾅! 쾅!

마나의 랭크가 올라가며 벽력멸의 위력도 훨씬 업그레이드된 터였다.

전우치의 몸 위로 용의 형상을 한 번개 다발이 연속으로 떨어졌다.

"끄으으으으으으!"

전우치의 입에서 진정 고통에 찬 신음이 흘러나왔다.

총 스무 번의 번개 다발을 얻어맞은 전우치의 몸에서 하얀 연기가 피어났다.

이제 그 형체도 알아보기 힘들 만큼 엉망이 되어버린 전우치는 마치 검은색 물감을 아무렇게나 풀어 헤쳐 놓은 것만 같았다.

비틀, 비틀, 제 한 몸 가누기도 버거워 보이는데, 붉은 두 눈은 계속 전율에게 꽂혀 있었다. 허공을 부유하고 있는 몸은 당장에라도 추락할 듯 위태롭게 하강과 상승을 반복했다.

그러는 와중에도 전우치의 상념은 전율을 죽이라 말했다. 그 힘을 손에 넣으라 유혹했다.

하나 그러기엔 힘의 차이가 너무나 컸다.

어두웠던 하늘은 다시 본래의 빛을 되찾았고, 세 마리의 신수는 더 이상 전우치의 명을 듣지 않았다.

"이슈반."

전우치가 이슈반을 소환했다.

아무것도 없던 허리춤에 이슈반이 나타나 장착되었다. 검신을 잡고 쭉 뽑아 올리니 유려한 보랏빛 검신이 유혹하듯 아름다운 자태를 드러냈다.

"그으으으으……."

죽을 둥 살 둥 겨우 전율의 코앞까지 다가온 전우치가 오른 손을 쭉 뻗었다. 그것이 전율의 얼굴에 닿으려는 찰나.

슈악!

날카로운 바람 소리와 함께 팔 하나가 통째로 잘려 나갔다.

전우치는 이제 신음을 흘릴 힘조차 없었다.

전율의 손에 들린 이슈반이 한 번 더 휘둘러졌고, 전우치의 허리가 동강났다.

털썩.

비로소 바닥에 널브러진 사악한 악령은 아무것도 할 수 없는 지경이 되었음에도 힘에 대한 갈망을 놓지 못했다.

이 미련한 삶의 집착은 누군가가 목숨을 끊어놓기 전까지는 사라지지 않을 터였다.

그리고 그것을 전율이 해주려던 찰나.

"우리 주인~ 잠깐!"

칠미호가 다가와 전율을 말렸다.

"약속 지켜야지? 생기는 내가 흡수할 거야. 이 녀석은 실존하는 육신이 없어서 우리 주인이 스피릿이 담긴 검으로 내려치면 그대로 사라져 버린다니까? 내가 차마 스피릿을 흡수할 새도 없어진다고."

전율이 고개를 끄덕이며 뒤로 물러섰다.

이제는 칠미호에게 맡겨도 되는 상황이었다.

"그럼… 맛있게 먹어줄게."

칠미호가 교태 섞인 음성으로 말하며 입꼬리를 말아 올렸다.

슈우우우우우—

전우치의 생기가 칠미호의 몸으로 빨려 들어가기 시작했다. 검은 악령의 몸뚱이는 생기를 빼앗길수록 점점 더 크기가 작아졌다.

이제는 손바닥만큼 작아진 전우치의 입에서 마지막을 알리는 최후의 신음이 비집고 나왔다.

"그으……."

그것으로 끝.

더 이상 악령이 되어버린 전우치는 세상에 존재하지 않았다.

동시에 칠미호의 몸에서 교교한 빛이 흘러나왔다.

"아아……!"

그녀가 기분 좋은 탄성을 내질렀다.

몸을 가득 채우고 있던 빛은 엉덩이 쪽으로 모여들더니 길게 뻗어나가 여덟 번째 꼬리가 되었다.

칠미호는 팔미호로 거듭나 여덟 개의 꼬리를 살랑살랑 흔들며 전율을 바라보았다.

"나 또 진화했어, 주인."

*   *   *

한바탕 전투가 일었던 공터는 폐허가 되었다.

공터 주변을 빼곡히 메우고 있던 꽃과 나무는 가루가 되어 사라지고 황량한 흙바닥만이 어지럽게 파헤쳐져 있었다.

볼품없어진 공터와 달리 그 위에 선 존재들은 하나하나가 신령한 기운을 내뿜으며 고귀한 자태를 뽐냈다.

전율은 여덟 신수를 천천히 훑었다.

"뭐야~! 나한테 관심 좀 가져 주지~ 우리 주인?"

기껏 팔미호로 진화했는데, 정작 전율이 자기에게는 시선도 안 주고 신수들만 보고 있으니 팔미호가 투정을 부렸다.

툴툴대며 전율의 곁으로 다가가 팔짱을 살포시 끼니, 그녀의 머리 위에 커다란 손이 부드럽게 닿았다.

쓰담쓰담.

포근한 손길이 느껴지니 팔미호의 눈은 초승달 모양으로 변했다.

"우리 주인 이렇게 만져 주는 건 언제 배웠대? 연애할 시간도 없었으면서?"

"봉인, 팔미호."

"앗! 당근 다음에 바로 채찍이야? 나 조금 더 주인 곁에 붙어 있을……!"

미처 말을 다 끝내지도 못한 채 빛으로 화한 팔미호는 전율의 정신 속으로 봉인되었다.

소란스러운 이가 사라지고 난 뒤, 묵직한 음성이 공터에 내려앉았다.

"이렇게까지 쉬울 줄은 몰랐군."

황룡이었다.

"이제 약속을 지켜야지."

"그 전에 저들과 인사라도 나누는 게 어떻겠느냐?"

황룡이 눈으로 조금 전까지 전우치에게 조종당하던 세 마리의 신수 해태, 봉황, 기린을 가리켰다. 전율의 시선도 황룡을 따라 그들에게 옮겨 갔다.

세 마리 신수는 그제야 미소를 머금고 전율에게 고마운 마음을 전했다.

"네 덕분에 정신을 차렸어. 신수라는 존재가 한낱 악령 따위에 끌려다니다니. 면목이 없어."

해태의 말이었다.

해태는 신수라고 하기엔 상당히 친근하고 가벼운 말투를 사용했다.

해태의 옆에 있던 봉황은 말없이 고개만 끄덕였다.

입을 여는 것조차 부끄러웠다.

그도 그럴 것이 악령 따위야 신수 앞에서는 식후 운동거리도 안 되는 존재였다.

역사적으로도 악령이 신수에게 해를 가한 적은 단 한 번도 없었다. 그럴 힘이 없었기 때문이다.

악령들도 제 깜냥을 알기에 아무리 짙은 악에 현혹되었다 하더라도 신수의 영역을 침범하거나 건드리지 않았다.

한데 전우치는 달랐다.

그는 인간 최초로 살아 있는 몸을 가지고 선계에 들 뻔했던 이였다. 그의 도력은 이미 신수들을 마음대로 다스릴 수 있을 만큼 대단했다.

장난이 좀 짓궂기는 했으나 악인은 아니었던 전우치가 죽고 나서 악령이 된 건, 선계에 들지 못한 한이 너무나 컸기 때문이다.

그래서 전우치는 악령의 형태로 계속 강한 힘을 갈구하며 구천을 배회했다. 본능적으로 큰 힘이 머물고 있는 곳을 찾아갔으며, 그때마다 만나게 되는 건 신수였다.

해태는 악령화된 전우치와 처음 조우했을 때, 그 힘이 범상 찮음을 느꼈으나 감히 악령 따위가 신수를 어찌할 수 있을까 싶어 자신 있게 상대했다.

둘의 전투는 길지 않았다. 전우치는 처음부터 전력을 다해 몸을 사리지 않고 덤볐고, 해태는 그런 전우치를 피하지 않았다.

그게 실수였다.

해태의 어금니가 전우치의 복부를 뚫고 지나가는 순간, 그는 이겼다고 생각했다. 한데 검은 안개가 해태의 입속으로 흘러들어가 몸속 전체로 퍼져 나갔다. 지배의 술이었다.

순식간에 정신까지 제압당한 해태는 결국 전우치의 꼭두각시가 되었다.

뼈를 주고 살을 친다.

애초부터 전우치는 이것을 노리며 호랑이의 이빨에 몸을 들이댄 것이다.

해태를 지배하고 난 뒤엔 봉황과 기린을 상대하는 것이 더욱 수월해졌다.

해태, 봉황, 기린의 힘은 호각이었다.

한데 거기에 전우치의 사이한 도술까지 더해지니 봉황과 기린이 도저히 당해낼 수가 없었다.

두 신수가 동시에 전우치를 상대했다면 또 어찌 될지 모르겠으나, 신수들은 각각 자신이 지켜야 하는 장소에서만 머물기에 각개격파를 당했다.

그렇게 하여 전우치는 세 마리의 신수를 이끌고 나타난 것이다.

전우치에게 지배당하면서도 신수들의 정신은 깨어 있었다. 다만 몸이 말을 듣지 않을 뿐이었다. 해서, 전율이 전우치와 어찌 싸웠는지도 전부 보고 기억을 했다.

기린이 전율을 따스하게 바라보며 인사를 건넸다.

"그대에게 고마움을 표하고 싶네."

용을 닮아 기다랗게 튀어나온 입에서 나온 음성은 늙수그레했으나, 온화하며 부드러웠다.

그래서인지 인자한 노인의 그것처럼 다가왔다.

"그대가 아니었다면 계속해서 몹쓸 짓을 저지르고 다녔을 게야."

세 마리의 신수들이 전부 감사한 마음을 충분히 표현했다. 봉황은 끝끝내 말이 없었으나 그 맑은 눈동자에 담긴 마음은 고스란히 전율에게 전달되었다.

"해야 할 일을 했을 뿐이지만 감사하다는 인사는 잘 받겠다."

오는 게 있으면 가는 게 있다.

전율은 신수들을 도와주었고, 그들은 고마운 마음을 전했다. 하지만 아직 수지가 맞지 않았다. 물론 이런 생각은 손해 보는 쪽에서 하는 법이다. 그러나 지금은 굳이 따지자면 이득을 훨씬 많이 본 신수들이 이런 생각을 하고 있었다.

인사를 주고받았음에도 자리를 쉽게 떠나지 못하는 신수들을 보며 전율은 그 내심을 파악했다.

"은혜를 갚고 싶은가?"

전율의 물음에 신수들의 고개가 천천히 아래위로 움직였다.

신수는 그 누구보다도 은원 관계에 확실한 존재다. 자신에게 해를 끼친 자에겐 어떻게든 복수를 하고, 은혜를 베푼 자에겐 그보다 더한 도움을 주고 싶어 한다.

전율이 씩 웃었다.

그는 성인군자가 아니고 정의의 사도도 아니다.

지금은 지구를 구하기 위해 고군분투하는 것이 히어로처럼 보일 수도 있으나, 그것은 정의 때문이 아니라 자신의 가족이 살아갈 평화로운 환경을 바라기에 싸우는 것일 뿐이다.

그러니 갚겠다고 하는 은혜를 마다할 리 없었다.

"그렇다면 받아야지. 어떻게 받는 것이 좋을까."

전율이 고민을 하고 있는데, 근엄한 음성이 그의 상념을 깨고 들어왔다.

"이렇게 하는 게 어떨까?"

입을 연 이는 황룡이었다.

그가 해태, 봉황, 기린을 천천히 둘러보며 말을 이었다.

"다들 전율이 아니었다면 언제까지고 전우치에게 사로잡혀 악행을 저지르고 살아갔어야 할 터. 전우치가 스스로 승천을 할 리도 없을뿐더러 전우치의 악행을 막을 만한 존재 또한 이 세상에는 전율 말고 존재치 않았지. 그러하니 전율이 없었다면 그대들은 평생 스스로의 삶을 되찾지 못했을 거야. 한마디로 전율은 그대들의 인생을 구제해 준 것이나 다름없지. 인정하는 가?"

세 신수는 고개를 끄덕였다.

"그렇다면 그에 합당한 도움을 주어야겠지. 해태, 봉황, 기린. 전율의 소환수가 되는 게 어떠한가?"

그 말에 전율이 슬쩍 황룡을 바라봤다.

천연덕한 얼굴을 하고서 아무렇지도 않고 저런 제안을 하는 황룡 때문에 전율은 픽 하고 웃음이 새어 나왔다.

'처음부터 이걸 노렸군.'

상대를 해보니 전우치는 전율에게 그다지 힘든 상대가 아니었다. 한데 황룡은 전율의 소환수가 되어주겠다고 하며 그 조건으로 전우치를 잡아달라 의뢰했다.

전부 다 황룡이 짜놓은 판에서 놀아난 것이다.

애초에 그는 해태, 봉황, 기린까지 전율의 소환수로 만들기 위해 이런 부탁을 했던 것이다.

전율은 알면서도 속아주기로 했다.

자신에게 해가 될 게 조금도 없었기 때문이다.

"소환수가 되라 함은, 전우치가 그러했던 것처럼 저 인간 청년이 우리를 다스릴 수 있도록 어떠한 계약을 맺으라는 것인지요?"

기린이 물었다.

"그렇지."

"왜 그런 제안을 하시는 것인지 궁금한데요?"

이번에 말을 꺼낸 건 해태였다.

"그대들도 느끼고 있겠지만 지금 지구는 초유의 위기 상황에 처했어. 외계의 종족들이 지구를 침략하려 하고 있으며, 실제로 한 번의 침략을 받았지. 하지만 단 한 명의 지구인도 죽지 않고 전쟁은 종결되었어. 그것도 몇 시간 만에."

"설마……."

신수들의 시선이 전율에게 향했다.

"맞아. 그가 행한 일이지."

"……!"

놀랄 이야기였다.

전우치와 싸우는 것을 보고 보통내기가 아니라는 것은 알았다. 여태껏 지구상에서 등장한 적이 없는 강인한 인간이라는 것도 알았다. 한데 외계 종족을 상대로 싸움을 벌여 손쉽게 전쟁을 종식시킨 존재가 그라고는 생각 못 했다.

세 명의 신수들 역시 외계 종족이 지구를 침략했다는 것은 느꼈다. 한데 그들을 정리한 것이 인간이 아닌 다른 존재일 것이라 짐작했었다.

짐작은 보기 좋게 빗나갔다.

"사방신은 이미 그의 소환수가 되었고, 나 역시 그럴 참이다. 수천억 가지의 경우의 수를 놓고 생각해 보아도 그게 지구를 수호하는 게 가장 좋은 방법이기 때문이지. 게다가 그대들도 느꼈겠지만, 전율의 힘은 나를 초월하고 있어."

"……."

전율보다 자신이 약하다는 것을 순순히 인정하는 황룡의 태도에 다른 신수들은 무거운 적막에 빠져들었다.

겉으로 드러내지는 않지만 자존심이 제법 강한 황룡이었다. 그가 이 정도의 얘기까지 했다는 건 전율을 진정으로 인정하고 있다는 말이었다.

"어찌할 텐가? 그의 소환수가 될 텐가?"

세 명의 신수는 황룡의 말을 곱씹었다.

사방신들이 그러했듯 그들 역시도 전율의 소환수가 되는 게 가장 좋은 방법인지 거듭 생각해 보는 중이었다.

그러다 가장 먼저 생각을 끝낸 기린이 답을 내놓았다.

"좋습니다."

뒤이어, 바로 해태도 대답했다.

"그럴게요."

봉황은 말없이 고개를 끄덕였다.

"다들 한마음이로군."

황룡이 전율의 앞으로 다가와 섰다.

그의 뒤편으로 다른 신수들이 날개처럼 거리를 벌리고 정렬했다.

"이제 계약을 맺도록 하자."

"그러지."

가슴이 두근거리는 순간이었다.

사방신들을 테이밍한 이후에 황룡에 대한 생각은 잠시 접어 두었던 전율이었다.

무슨 생각이 따로 있어서 그랬던 건 아니다.

한 달이라는 시간 동안 외계 종족의 침략에 관한 생각은 최소한으로 줄이고, 보통의 삶을 만끽하는 데 최선을 다하다 보니 저도 모르게 다른 생각을 못 했을 뿐이다.

한데 황룡이 먼저 전율을 찾아왔다.

그것도 해태, 봉황, 기린이라는 선물을 들고서.

이제 선물 상자를 받아 풀어 보았으니 자기 것으로 만들 차례다.

전율이 곧바로 지배의 기운을 전개했다.

이미 네 명의 신수는 전율의 소환수가 되겠다고 마음을 먹은 상황. 위압이나 호의 같은 것으로 정신을 뒤흔들어 놓을 필요가 없다.

지배의 기운은 신수들의 몸속으로 거부감 없이 흘러 들어갔다. 신수들의 정신이 전율의 정신과 하나로 이어지는 건 순식간이었다.

전율은 새로운 교감을 전해주는 네 개의 선을 느꼈다. 전율과 신수들의 정신이 제대로 이어진 것이다.

자신에게 향해 있는 신수들의 시선이 전보다 더욱 부드럽고 순해졌다.

지배가 무사히 끝난 것이다.

전율은 자신의 앞에 서 있는 여덟 마리의 신수를 바라보았다.

청룡, 백호, 주작, 현무, 해태, 봉황, 기린. 그리고 황룡.

한 마리를 테이밍하는 것도 힘든 일이건만 전율은 여덟 마리나 되는 신수를 갖게 되었다.

갑자기 천군만마를 얻게 된 듯 어깨에 힘이 들어갔다.

"내 신수가 된 걸 축하한다."

"나 역시도 제대로 된 판단을 한 것 같구나."

황룡이 대표로 대답했다.

전율은 한동안 더 신수들의 자태를 감상하다가 그들을 봉인 시켰다.

황룡 덕분에 전투력이 대폭 올라가게 되었다.

"그럼 이제… 내가 하고 싶었던 일을 해야지."

전율의 시선이 하늘로 향했다.

"접속 아르펜시아."

나른한 음성과 함께 그의 모습은 바람처럼 사라졌다.

Chapter 62.
선택

에르펜시아는 전에 보았던 풍요로움과 즐거움이 가득했다.

목숨을 걸고 타 행성으로 가 전장을 누비며 마침내 지하 1층까지 클리어한 모험가들은 에르펜시아에서 달콤한 휴식을 누리고 있었다.

새로운 석실은 심심하지 않게 나타났다가 모험가를 뱉어놓고 다시 사라지기를 반복했다.

전율 역시 여러 석실 중 하나에서 모습을 드러냈다.

이제는 존재 자체만으로 모험가들 사이에서 화젯거리가 되어버린 전율이다.

담담하게 에르펜시아에 발을 들인 전율과 달리 그를 아는 모험가들은 크게 술렁였다.

이제는 그의 얼굴을 모르는 모험가보다 아는 모험가가 더 많았다.

에르펜시아에 있는 모험가 대부분은 마스터 콜에서 전율의 모습을 한 번씩은 봤었다.

어찌 보면 오다가다 한번 스친 사이 정도로 정리하고 넘어갈 수도 있는 일이지만, 전율이 등장하는 전장은 항상 그의 독무대가 되었다.

모험가들끼리의 서바이벌에선 그가 모든 모험가의 모가지를 꺾었고, 외계 종족을 때려잡는 전장에선 그가 독식을 했다.

실력의 차이가 질리도록 많이 나니, 모험가들은 그를 질투할 마음도 들지 않았다.

그런 괴물이다 보니 전율의 얼굴을 기억하지 않으려야 그럴 수가 없었다.

산들바람은 스쳐 지나가도 폭풍은 뇌리에 박히는 법이다.

전율이 주변을 두리번거리며 사람들을 살폈다. 그때 키가 훤칠한 미남자가 전율에게 다가왔다.

"또 보는군."

살짝 떨떠름한 얼굴로 인사를 건네는 그는 이제린 에털의 의붓오빠이자 돌연변이 엘프, 이도르 에털이었다.

"이제린은? 만났나?"

이도르는 씁쓸하게 고개를 저었다.

"아직."

"아직이라……."

이제는 이제린이 에르펜시아에 충분히 도착할 만한 시간이 흘렀다.

아직까지 이곳에 오지 못했다는 것은 사고가 생겼다는 말이었다. 전율이 그녀의 안위를 걱정하며 저도 모르게 미간을 찌푸렸다. 이를 본 이도르가 고개를 갸웃거렸다.

"근데 네가 왜 이제린을 찾지?"

"찾아야 할 이유가 있으니까."

"무슨 자격으로?"

"그러는 너야말로 자격이 있나?"

"난 이제린의 오빠다."

"의붓여동생을 사랑한 파렴치한 오빠지. 이제린은 그것이 부담스러워 떠났고."

"닥쳐!"

이도르가 전율의 멱을 틀어쥐었다.

"걸어오는 싸움은 피하지 않아. 하지만 이번엔 저번처럼 설렁설렁 넘어가지는 않을 거야."

이도르가 전율의 눈을 노려보았다. 전율 역시 그의 시선을 피하지 않았다.

그들의 주변으로 모험가들이 우르르 몰려들었다.

이도르는 그 시선을 의식하고서 손을 털었다.

"우리 안 원숭이가 된 기분이군."

전율이 피식 웃었다.

"잘 생각했다. 방금 네 행동이 목숨을 살렸다."

전율답지 않은 도발이었다.

그는 이도르의 행동에 정말 화가 났다기보다는 골려주고 싶은 장난기가 일었다.

지금의 전율에겐 이도르 역시 큰 적수가 되기 힘들지만, 그나마 여태껏 싸워온 이들 중에서 가장 해볼 만한 이였기 때문이다.

때문에 어린아이가 친구 놀리듯 전율은 이도르를 살살 긁었다. 보통의 어른이었다면 이런 도발에 넘어오지 않았겠으나 이도르는 보통 어른이 아니었다.

"진짜 해보자는 거냐?"

그는 의외로 순진한 면이 있었다.

"얼마든지?"

전율과 이도르의 두 주먹에 동시에 보랏빛 오러가 맺혔다.

또 한 번 거센 폭풍이 에르펜시아에 일려 하자 모험가들은 재미있는 구경거리라도 보는 듯 기대에 찬 표정이 되었다.

그때였다.

"두 분 뭐 하세요?"

당장에라도 피가 튈 듯 아찔한 전운을 뚫고 청량한 음성이 흘러들어 왔다.

순간 투기를 피워 올리던 두 사람이 순한 양처럼 온순해져 동시에 고개를 돌렸다.

그들의 시선이 멈춘 곳엔 이제린이 놀란 사슴 같은 얼굴을 하고 서 있었다.

"이제린!"

이도르의 의식에서 전율이라는 존재가 아득히 멀어졌다. 그가 냅다 달려들어 이제린을 덥석 안으려 했다. 하지만 이제린은 바람처럼 몸을 뺐다.

괜한 허공만 껴안다 허우적거린 이도르가 얼굴을 붉혔다.

워낙 피부가 하얀 종족인지라 달아오른 뺨이 더욱 붉어 보였다.

"이제린."

전율의 나긋한 음성이 이제린의 귓가를 간질였다. 그녀의 표정이 이도르를 볼 때와는 백팔십도 달라졌다.

"율 님."

타닥!

그녀가 달려갔다. 그리고 전율의 품에 꼭 안겼다. 이도르는 눈을 홉뜨고서 그 믿기 싫은 광경을 지켜봤다.

"이제린……."

기운 없는 음성이 이도르의 입에서 타이어에 바람 빠지듯 흘러나왔다.

"보고 싶었어요."

이제린은 자신의 마음을 거침없이 표현했다.

전율의 큼직한 손이 이제린의 등을 천천히 쓸어내렸다. 그의 넓고 따뜻한 가슴에 박고 있던 얼굴을 살짝 들어 올려 눈을 맞춘 이제린이 물었다.

"저… 안 보고 싶었어요?"

전율의 심장이 두근거리며 뛰었다.

그래, 이 얼굴이었다.

스스로도 알게 모르게 그리워했고, 다시 만나고 싶어 했던 이 여인이었다.

"보고 싶었어. 많이."

"아……"

이제린의 벌어진 입에서 저도 모르게 감탄이 흘러나왔다. 그녀의 얼굴이 다시 전율의 가슴에 묻혔다.

자기 혼자만 그리워한 게 아니었다.

그 역시도 자신을 그리워하고 있었다.

서로가 서로를 그리워했다는 사실이 눈물 나게 행복했다. 그런 두 사람이 다시 만나게 되어 더더욱 행복했다.

가슴 벅차는 재회의 기쁨을 만끽하고 있는 두 사람에게 이도르가 다가왔다. 그의 얼굴은 마치 곧 죽을 사람처럼 어둡고 힘이 없었다.

"이제린……"

이제린이 전율의 품에서 나와 이도르와 마주 섰다.

"오빠."

"너… 무사했었구나. 다행이다. 나는 네가 어떻게 되기라도 한 줄 알고……"

"오빠가 여기 왜 있는 거야?"

"여러 가지 사정이 있었어."

"오빠는 오비안 숲의 차기 엘프 로드야. 족장의 자리를 이어

받아야 할 엘프라고. 그러면 모든 엘프들과 다른 목소리를 내면 안 되는 거잖아. 그건 곧 차기 엘프 로드의 자리를 스스로 걷어차는 것과 마찬가지야."

이제린은 차근차근 타이르듯 말했다.

그럴수록 이도르의 심경은 점점 더 복잡해졌다.

"그러니까 사정이 있었다고 하잖아."

"무슨 사정? 얼마나 대단한 사정이길래 모든 걸 버리고 마스터 콜의 모험가가 된 거야?"

"그게……."

전율 앞에서도 당당했던 이도르가 고양이 앞의 쥐 꼴이 되었다. 그는 이제린과 눈도 제대로 마주치지 못했다. 시선은 계속해서 아래로 내려갔고, 움찔거리는 손가락이며 발이 그의 불안한 심리를 대변했다.

"혹여라도 나 때문이라면… 날 찾으려고 모험가가 된 거라면 정말 실망할 거야."

"…뭐?"

이제린의 단호한 한마디에 이도르는 나라라도 잃어버린 것 같은 얼굴이 되었다.

"이제린, 너… 널 찾으려 모든 걸 버린 사람한테 그런 말밖에 못 해?"

"오빠 정말… 나 때문에 이런 거라고?"

"그래! 네가 아니면 대체 내가 뭣 때문에 모험가가 되었겠어!"

"이건 아니야. 이래서는 안 되는 거야, 오빠. 어서 돌아가. 족장님한테 잘못을 빌어. 그리고 두 번 다시 마스터 콜에 접속하지 마."

"그 험난한 길을 걸어와서 이제야 널 만났는데 다시 돌아가라고? 어떻게 그럴 수가 있겠어!"

"오빠, 냉정해져야 돼. 지금 오빠는 이성적이지 않아. 제대로 된 판단을 내리지 못하고 있어. 이래서는 안 돼."

"뭐가 안 된다는 건데?"

"우리는… 남매야."

"피가 섞이지 않았잖아!"

"그리고 난 오빠한테 아무런 마음이 없어. 정말 오빠가 그냥 내 친오빠로 남아줬으면 좋겠어."

"힘든 이야기다. 그렇게는 할 수 없어."

"오빠."

이도르가 이제린의 팔을 콱 잡아당겼다.

"이제 상관없어. 오비안이든, 차기 엘프 로드든. 그런 거 다 필요 없다고. 너만 있으면 돼. 숲을 떠나서 둘이 살자. 어차피 피도 한 방울 안 섞인 사이야. 윤리니, 도덕이니, 법률이니, 그런 것 무시해. 우리를 아무도 모르는 곳에서 지내면 돼."

"난, 싫어, 오빠. 오빠의 감정을 일방적으로 강요하지 마."

"넌 날 따라와야 돼."

이도르가 이제린을 더욱 강하게 끌었다.

"오빠. 마지막 경고야. 놓지 않으면 나, 어떻게 할지 몰라."

"힘으로 네가 날 어떻게 할 수 있을 것 같니? 얌전히 따라와."

그때였다.

턱.

쇳덩이처럼 단단한 손이 이도르의 가슴을 밀쳤다.

"거기까지 하는 게 좋겠군."

이도르는 잡고 있던 이제린의 팔을 놓치고서 뒤로 한 걸음 물러났다.

그저 툭 친 정도였는데, 거대한 해머에 얻어맞은 것 같은 충격이 몸을 가격했다.

전율은 이제린의 앞을 막고 섰다.

"비켜라."

이도르가 눈에서 불똥을 튀기며 씹어뱉듯 말했다.

"싫다면?"

파아아아앙—!

갑작스런 폭풍이 일었다. 이도르가 뿜어낸 기운이 대지의 공기를 뒤흔들어 놓은 것이다.

"죽인다."

상황을 지켜보던 에르페시아의 모험가들은 살이 떨리는 위압감에 숨이 턱턱 막히는 기분이었다.

이도르는 일전에 전율과 맞붙었을 때보다 더욱 강해졌다.

당시에는 호각지세를 보였으나 지금은 얼마든지 전율을 제압할 수 있다는 자신감이 있었다.

"이제린, 떨어져 있어."

"네."

뒷걸음질로 조심히 자리를 옮기는 이제린을 보니 이도르의 화가 더욱 치밀어 올랐다.

자신은 그토록 밀어내려 하면서, 전율의 한마디에는 순한 양이라도 된 듯했다.

"으아압!"

울분이 담긴 기합과 함께 이도르가 앞으로 튀어 나갔다.

그의 신형이 공간이동하듯 사라지더니 전율의 코앞에 나타났다.

붉은빛 오러가 강렬히 빛나는 주먹이 전율의 명치를 노리며 다가왔다.

초장부터 전력을 다한 공격이었다.

전율은 이 싸움을 길게 끌 생각이 없었다.

확실한 힘의 차이를 보여주고 이도르를 굴복시키는 게 상수다.

이도르의 주먹이 전율의 몸에 닿으려는 찰나.

콰아아앙!

그는 얼굴에 화끈한 불 맛을 느끼며 뒤로 날아갔다.

콰당탕!

볼썽사납게 바닥에 고꾸라진 그가 멍한 얼굴로 눈을 깜빡였다.

'어떻게 된 거지?'

분명 주먹을 먼저 뻗은 건 이도르였다.

한데 그보다 늦게 공격을 한 전율에게 얻어맞고 나가떨어졌다.

'말도 안 돼!'

이도르는 현실을 받아들이지 못하고 허리를 튕겨 일어섰다. 그리고 땅을 딛자마자 활처럼 몸을 당겼다가 앞으로 쏘아지듯 달려갔다.

전율과의 거리는 눈 깜짝할 새 다시 줄어들었다.

하지만 이번엔 공격을 할 새도 없었다.

콰앙!

"크윽!"

이도르의 복부에 거대한 충격이 전해지며 그의 몸이 허공을 붕 떠올랐다.

턱.

전율이 그의 뒷덜미를 잡고 그대로 내리며 발뒤꿈치로 허리를 내리찍었다.

뻐억!

콰쾅!

"크악!"

이도르가 지면에 충돌하며 땅이 푹 파였다.

전율은 제자리에서 뛰어 가볍게 공중제비를 돌더니 무거운 추가 떨어지듯 이도르의 등을 내리밟았다.

콰아아앙!

"끄아악!"

이도르의 비명과 함께 그는 더욱 깊이 처박혔고, 주변의 땅들이 덩달아 꺼지며 사방으로 크고 작은 금들이 이어졌다.

쩌저적! 쩌적!

"끄… 으윽……."

"계속할 테냐?"

이도르를 밟고 선 채 전율이 물었다.

'격이… 다르다.'

이도르는 전율이 결코 자신의 상대가 아니라는 걸 몸소 체험했다. 더 해봤자 이제린 앞에서 볼썽사나운 모습을 보일 뿐이다.

'내가 어리석었어.'

일전에 손을 섞을 때, 그는 전력을 다한 게 아니었다. 그거야 이도르도 마찬가지였다. 하지만 전율은 자신의 힘을 반 이상 감추고서 싸웠다. 이도르는 그 정도까진 아니었다.

'아직 멀었군, 나도…….'

처참했다.

사랑하는 여인 앞에서 최악의 모습을 보이고 말았다.

이도르에게서 아무런 말이 없자 전율은 그것이 무언의 대답이라 생각하고, 등에서 내려왔다.

그제야 이도르는 힘겹게 일어났다.

그는 먼지와 피로 엉망이 되어 있었다.

"오빠……."

이제린이 이도르를 애처롭게 바라봤다. 하지만 그에게 다가 가 위로의 손길을 내밀지는 않았다.

'이미 그렇게까지 마음이 닫혀 있었구나.'

이도르의 입에 초연한 미소가 걸렸다.

'끝났다, 모두.'

이도르가 힘없이 뒤돌아섰다. 이내 그의 모습이 쓸쓸한 바 람과 함께 사라졌다.

이제린은 가슴이 먹먹해졌다.

그런 그녀의 어깨를 전율이 감싸 안았다.

이제린이 고개를 돌려 자신을 그리워했던 사내와 눈을 마주 쳤다.

심란한 와중에도 그의 얼굴을 보니 마음이 설레었다.

어쩔 수 없었다.

이것이 이제린의 선택이었다.

Chapter 63.
지구방위연합

전율과 이제린은 오래도록 서로의 손을 붙잡고서 놓을 줄 몰랐다.

그들은 큼직한 나무 그늘 아래 앉아서 대화를 나눴다.

주로 전율이 묻고 이제린이 대답하는 식이었다. 왜 이렇게 에르펜시아에 오는 게 늦었는지, 그간 무슨 일이 있었던 건지, 얼마나 많이 성장했는지, 전율은 궁금한 게 많았다.

이제린은 그의 물음에 차근차근 성의 있게 대답해 주었다.

그녀는 생각보다 조심성이 많은 엘프였다.

지하 11층까지는 필드에서의 죽음이 현실에 영향을 미치지 않았다. 하지만 지하 10층부터는 전장에서의 죽음이 현실로 이어진다. 이러한 사실은 당연하게도 10층에 발을 들여놓고서야 알게 되었다.

이제린은 지하 10층에서 열심히 싸웠다.

목숨이 걸려 있는 판국에 전력을 다하지 않을 모험가는 없었다. 그녀 역시 정신을 똑바로 차리고 모든 촉각을 곤두세워 싸움에 임했다.

그 어느 때보다 최선을 다한 이제린이었으나, 그녀는 간신히 목숨을 건진 채 아슬아슬하게 지하 10층을 클리어했다.

현실로 귀환하고 나서 겁이 덜컥 났다.

이런 수준으로는 지하 9층으로 올라가는 건 엄두도 나지 않았다.

그래서 이제린은 지하 11층을 다시 돌았다.

스스로 만족스러울 만큼 강해질 때까지, 지하 10층을 쉽게 클리어하는 수준에 오를 때까지, 계속해서 11층만을 돌며 실력을 키워 나갔다.

그렇게 충분한 성장을 한 뒤에, 그녀는 다시 10층에 도전했다. 결과는 전과 비교할 수 없을 만큼 수월하게 10층의 퀘스트를 클리어할 수 있었다.

이후 지하 9층에 발을 들였다.

한데 9층 역시 10층을 처음 접했을 때처럼 녹록지 않았다.

해서 이제린은 9층의 퀘스트를 완료한 뒤, 다시 10층을 돌았다.

이런 식으로 지하 1층까지 클리어하다 보니 당연히 시간이 오래 걸릴 수밖에 없었던 것이다.

하지만 그 덕분에 이제린은 무섭게 강해졌다.

전율도 그녀의 기가 달라졌음을 몸으로 느꼈으며 신안으로도 직접 보고 있었다.

이제린의 몸을 둘러싸고 있는 붉은 기운이 하늘을 찌를 듯했다.

솔직히 이 정도면 이도르와 맞먹을 정도였다.

전율이 굳이 끼어들지 않았어도 그녀가 이도르를 제압했을지도 모를 일이었다.

이제린은 인간과 엘프 사이에서 태어난 돌연변이 하프 엘프다.

노력하지 않고 주어진 것에 만족하며 살아가는 엘프들과는 달리 이제린은 노력을 했다.

엘프의 육신에 감추어진 잠재 능력은 실로 어마어마하다.

이제린은 끊임없이 노력하며 그 잠재 능력을 거의 다 밖으로 끌어낸 것이다.

덕분에 지금처럼 강해질 수 있었다.

아름다운 하프 엘프의 이야기를 다 듣고 난 전율이 그녀를 품에 끌어안았다.

이제린은 살짝 당황했지만 싫지 않은지 그대로 전율에게 몸을 맡겼다.

"어찌 되었든 무사해서 다행이야, 이제린. 보고 싶었어."

"고마워요, 그리워해 줘서."

이제린을 살포시 떼어낸 전율이 그녀와 눈을 맞추었다.

애정을 담아 뜨겁게 얽히는 두 사람의 시선 속에는, 그러나 마냥 행복만 품고 있는 건 아니었다.

그들은 현실에서는 결코 만날 수가 없는 사이다.

에르펜시아에서 돌아가면 그들은 각각 다른 행성으로 귀환된다.

전율은 지구로, 이제린은 라미트란 대륙으로.

둘이 함께할 수 있는 공간은 오로지 이곳, 에르펜시아밖에 없었다.

마스터 콜에 접속해서 마주칠 수도 있겠지만, 그럴 가능성은 희박했다.

그런 걸 보면 여태껏 마스터 콜로 두 번이나 만나게 된 것이 엄청난 우연이었다.

아니, 인연일 것이다.

이도르는 그토록 이제린을 만나고 싶어 했는데도 끝끝내 만나지 못하다가 에르펜시아에서 재회하게 되었으니 말이다.

이제린은 마음 같아서는 계속해서 에르펜시아에 남아 있고 싶었다.

전율이 그곳에 있기 때문이다.

하지만 그럴 수 없다는 걸 알았다.

전율은 아무 말도 하지 않았지만 그의 눈이 말을 하고 있었다.

그는 많은 것을 짊어진 사람이다.

스스로의 행복만 찾자고 어깨 위의 무거운 짐을 내려놓지는 않을 것이다.

"어쩌다 우리가 이렇게 되었을까요."

"당신이 내게 키스를 하는 바람에."

이제린의 말을 전율이 농담으로 받아쳤다.

이제린은 저도 모르게 픽 웃어버렸다.

자칫 무거워질 수도 있을 뻔했던 분위기가 덕분에 사르르 녹아버렸다.

"얼굴 한번 보기 되게 힘들겠네요."

"이제린. 에르펜시아에는 오늘 처음으로 온 거야?"

"아니요, 이전에 한 번 왔었어요."

"그땐 이도르와 마주치지 않았었나 보군."

"네."

"에르펜시아를 찾아올 때 라미트란 대륙의 시간은 어떻게 됐지?"

"점심나절이었어요."

마친 전율이 에르펜시아에 접속한 것도 비슷한 시간이었다.

"이제린. 앞으로 별일이 없다면 그 시간에 에르펜시아를 찾아와. 나도 그렇게 할 테니까. 그러면 하루에 한 번은 얼굴을 볼 수 있을 거야."

"그렇겠네요."

이제린의 얼굴이 밝아졌다.

어쩌다 보니 에르펜시아는 두 사람의 데이트 장소가 되고 말았다.

물론 보는 눈이 너무 많아 맘 편히 데이트를 하기엔 힘들겠지만, 지금은 이나마도 감지덕지해야 할 판이었다.

전율은 마음 같아서는 이제린과 계속 있고 싶었지만 그럴 수가 없었다.

초월고리회에서 언제 연락이 올지 모르기 때문이다.

에르펜시아에 있을 때 연락이 오면 안 되기에 그는 다시 지구로 돌아가기로 했다.

"이제 가봐야겠어."

"네. 아쉽지만 어쩔 수 없다는 걸 알아요. 잡지 않을게요. 대신 내일 또 봤으면 해요."

"별다른 일이 없다면 꼭 이 시간에 찾아올게."

"저도 그럴게요."

짧은 인사를 나눈 뒤 전율은 지구로 귀환했다.

그런 전율을 이제린은 미소로 배웅했다.

*   *   *

엉망이 된 숲 속 공터에 전율이 서 있었다.

"후우."

그는 짧은 한숨으로 이제린에 대한 상념을 털어내고서 집으로 내려왔다.

그런데 집 앞에 검은색 고급 세단 한 대가 서 있었다.

전율이 다가가자 조수석에서 누군가가 내렸다.

초월고리회의 요원 진이나였다.

"잘 지냈나요, 전율 님."

"그럭저럭. 한데 상당히 행동적으로 나오는군."

"전화를 했는데 도통 연결이 되지 않아서 어쩔 수 없었어요. 기지국을 벗어나도 초월고리회의 신호는 전달될 텐데, 무슨 방법을 쓴 거죠?"

진이나는 이해가 가지 않는다는 듯 미간을 살짝 찌푸렸다.

전율이 엄청난 초능력자인 건 알지만, 전화 신호가 전달되느냐 마느냐 하는 것은 그것과 상관없는 분야의 일이었다.

초월고리회의 앞서가는 과학은 기지국이 없는 곳에서도 신호가 닿도록 하는 것이 가능했다.

하지만 잠시 동안 전율의 스마트폰에 신호를 보낼 수가 없었다.

어떻게 이런 일이 벌어진 건지 진이나는 알고 싶었다.

"나중에 알려주도록 하지."

전율은 그녀가 원하는 대답을 내놓지 않고 차에 올랐다.

"참 다루기 어렵다니까."

진이나가 혼잣말을 하며 다시 조수석에 몸을 실었다.

*　　　*　　　*

차가 멈춘 곳은 춘천 시내의 체육관이었다.

진이나가 먼저 내려 뒷좌석의 문을 열어주었다.

융숭한 대접을 당연한 듯 받으며 내린 전율이 체육관 건물을 바라보며 물었다.

"여긴 왜 왔지?"

"전율 님께서 원했던 백 명의 능력자들, 전부 여기에 모여 있으니까요."

"날 배려한 건가?"

"전율 님이 춘천에 계시니 당연한 일 아니겠어요?"

"고맙군."

이나가 앞장서서 건물로 들어섰고, 전율이 그 뒤를 따랐다.

이번에도 차를 운전한 건, 일전에 리무진 버스를 몰았던 한상혁이었는데, 그는 따라 들어가지 않고 차 안에 남아 있었다.

체육관 안에는 다양한 국적을 가진 사람들이 잔뜩 모여 있었다.

전율이 머릿수를 세어보니 백한 명도, 구십구 명도 아닌 정확히 딱 백 명이었다.

"초월고리회도 참 고지식하군."

"그게 매력이죠."

진이나가 지지 않고 받아쳤다.

그녀는 전율과 함께 체육관 강당으로 올라섰다.

백 인의 시선이 두 사람에게 집중되었다.

진이나가 강당 위에 놓인 마이크를 들었다.

"안녕하세요, 여러분. 저는 오늘 행사의 진행을 맡은 진이나라고 합니다. 반갑습니다."

진이나가 고개 숙여 인사하자 사람들은 적당히 박수로 화답해 주었다.

하지만 전혀 기분 좋은 얼굴들은 아니었다.

"왜 다들 축 가라앉아 있어?"

전율이 진이나에게 귓속말을 했다.

진이나가 작게 대답했다.

"다들 이벤트 회사에서 실시한 코리안 특급 트레블 패키지에 당첨된 줄 알고 모인 사람들이에요. 오늘이 첫날이고, 첫날 일정은 고급 호텔에 방을 배정받은 뒤, 뷔페에서 오찬을 즐긴 후 오페라 관람이었는데 아무것도 없는 체육관에 넣어놨으니 그럴 만하죠."

"이제부터 어쩌려고?"

진이나가 마이크를 전율에게 건넸다.

"전율 님이 알아서 하셔야죠. 사람만 모으면 그 뒤는 책임지겠다고 하셨잖아요?"

이것은 대놓고 엿 먹이려는 게 아니면 능력을 시험해 보려는 게 확실했다.

하지만 실리를 중시하는 초월고리회가 굳이 전율에게 밉보이기 위해서 엿을 먹일 리는 없다.

이건 시험이었다.

전율의 능력에 대한 시험이 아닌, 자신이 내뱉은 말을 지키는 사람인지에 대한 시험.

즉, 전율의 신용 문제가 걸린 것이다.

초월고리회의 가짜 이벤트에 감쪽같이 속은 백 명의 사람들은 당장에라도 봉기를 일으킬 시민들처럼 날이 서 있었다.

그런 이들을 회유하고 마침내는 초월고리회의 일원으로 만들기란 어려운 일이다.

누구라도 지금 전율처럼 마이크를 넘겨받았다면 적잖이 긴장했을 것이다.

하지만 전율에게서는 전혀 긴장하는 기색을 찾아볼 수가 없었다.

백 명의 인간을 컨트롤하는 거?

그건 전율에게 어려운 일이 아니었다.

그가 마이크에 대고 첫 마디를 던졌다.

"속아주셔서 감사합니다."

진이나가 흠칫하며 전율을 바라보았다. 대체 이 일을 어찌 수습하려고 처음부터 저런 식으로 사람들을 도발하는 건가 싶었다.

하지만 끼어들지 않고 상황을 지켜봤다.

이건 오로지 전율이 혼자서 해결해야 하는 문제였다.

체육관에 모인 이들은 대부분 한국어를 잘 몰랐다. 하지만 아는 이들도 있었다.

그들은 전율이 한 말을 옆에 있는 사람들에게 통역해 주었고, 곧 백 명의 사람 전부에게 그의 얘기가 전달되었다.

"What are you doing right now?"

"何をしやがるんだ!"

"Ne fais pas une plaisanterie!"

체육관에 모인 사람들이 각각의 언어로 불만을 토로하기 시작했다.

그러나 전율은 낯빛 하나 변하지 않고 계속해서 말을 이었다.

"여러분이 화가 나신 것 충분히 이해합니다. 하나, 지금부터 제가 하는 말을 들어보면 분노 따위는 전부 사라질 겁니다."

전율의 말을 알아들은 외국인 몇몇이 또다시 이를 통역했다.

외국인들은 도통 이해가 가지 않는다는 얼굴로 전율의 다음 이야기를 기다렸다.

전율은 마이크를 진이나에게 넘겼다.

"뭐죠?"

"시간이 오래 걸려. 영어 할 줄 알지?"

"영어, 불어, 중국어, 일본어 다 가능합니다만."

"지금부터 통역해."

"그러죠."

진이나에게 통역을 맡긴 전율이 스피릿을 끌어 올려 최면의 기운으로 치환한 뒤, 체육관 내부에 전개했다.

백 명의 사람들은 그 기운에 접촉하는 순간 눈이 흐리멍텅하게 풀려 버렸다.

최면에 노출되지 않은 진이나만 멀쩡했다.

그녀는 갑자기 풀려 버린 사람들의 눈을 보고서 무슨 일이 벌어지는 건지 몰라 전율을 바라보았다.

그때 전율의 입이 열렸다.

"여러분은 지금부터 지구방위연합 소속의 초능력자들로 거듭날 겁니다."

'뭐, 뭐하자는 거야?'

지금 이 상황에 대해 차근차근 설명하고 이해시켜도 모자랄 판에 저딴 얘기를 믿으라고 하는 건가?

진이나가 황당함에 사로잡혀 멍하니 있으니 전율이 그녀에게 말했다.

"통역해."

*   *   *

딱히 내키지 않았지만 진이나에게 선택의 여지는 없었다.

일이 잘못되면 전부 전율이 책임을 져야 할 터였다.

진이나가 전율의 말을 영어로 통역했다.

그나마 가장 보편적으로 쓰이는 언어이기에, 외국인들 대부분은 진이나의 말을 알아듣고 있었다.

한데 신기한 일이 벌어졌다.

그들 모두 약간의 반발도 하지 않고 진이나의 말을 경청하고 있는 게 아닌가?

그녀의 당황스러움은 계속 커져만 갔다.

그사이 다시 전율의 연설이 이어졌다.

"여러분은 특별한 존재입니다. 선택된 자들입니다. 세상 그누구도 여러분을, 그리고 여러분이 해야 하는 막대한 임무를대신할 수 없습니다."

정말이지 틀에 박힌 상투적인 얘기였다.

진이나는 통역을 하면서도 자신의 손이 오그라드는 걸 느꼈다. 한데 듣는 이들은 아무런 반응도 보이지 않았다. 그저 담담하게 받아들일 뿐이었다.

'대체 왜들 이러는 거야?'

사람들이 동시에 집단 최면이라도 걸린 것 같았다.

'혹시⋯⋯?'

진이나가 전율이 최면술을 건 것은 아닌지 의심했다.

하나, 전율은 사람들이 최면에 걸릴 만한 행동이나 암시를전혀 하지 않았다.

그렇다는 건 그에겐 사람들을 맹목적으로 따르게끔 하는 카리스마가 있다는 것이고, 이는 곧 전율이 타고난 리더의 재목이라는 얘기와 같다.

물론 전율이 리더의 자질이 있는 건 맞다.

하지만 몇 마디 말만으로 사람의 마음을 움직일 만큼 대단한 사람은 아니다.

진이나가 처음 의심했던 대로 전율은 최면으로 사람들을 홀린 것뿐이었다.

이런 사실을 모르는 진이나이기에 다른 쪽으로 오해가 뻗어나간 건 당연한 일이었다.

"현재 지구는 위기에 처해 있습니다. 여러분들께서는 SF영화나 소설 속에서 지구가 외계 종족의 침략을 받는 상황을 심심찮게 접해왔을 겁니다. 그것은 더 이상 허구 속 이야기가 아닙니다. 여러분께서는 모르고 있겠지만, 한 달 전, 이미 지구는 외계 종족에게 한 번의 침략을 받았습니다. 그리고 그것을 막아낸 것이 저를 비롯한 열두 명의 초능력자입니다."

'하아… 나도 모르겠다.'

진이나는 이제 다 포기해 버린 심정으로 이 황당무계한 이야기들을 전부 통역했다.

한데 이번에도 사람들은 그저 멍한 반응이었다.

그리고 전율은 그게 당연하다는 듯 받아들이고 있었다.

상식적인 선에서 도저히 이해되지 않는 상황이었고, 진이나는 비록 상식적이지 않은 집단에 속해 있지만, 지극히 상식적인 사람이었다.

해서 머릿속에 자리한 혼란은 가중되어만 갔다.

최면에 노출된 이들은 진이나의 입을 통해 흘러나오는 전율의 이야기들은 한 치의 의심과 거부감 없이 받아들이고 있었다.

이미 그들의 의식은 전율에게 완전히 지배되었다.

"얼마 전 하늘에 떠오른 여인의 얼굴을 본 적이 있을 겁니다. 그것은 일종의 초자연적 기현상이 아니라 외계 종족의 침략을 알리는 신호탄이었습니다. 이제 여러분들은 지구의 명운을 걸고 싸우는 지구방위연합의 대원들로 거듭날 겁니다. 알겠습니까?"

진이나가 계속해서 통역을 해주었고, 백 명의 사람은 일제히 고개를 끄덕였다.

'…다들 미친 거 아니야?'

이제는 당황을 넘어서서 경악스러울 지경이었다.

여기에 모인 사람들이 단체로 미쳤을 리는 없다. 그렇다 보니 오히려 본인이 정상인의 범주 밖에서 살고 있는 게 아닌지, 자아성찰을 하게 되는 진이나였다.

"그럼 다들 동의한 것으로 알겠습니다. 앞으로 여러분은 제 명령에 절대적으로 따라야 합니다. 명령에 불복하는 일은 있을 수 없습니다. 제가 살라 하면 살고, 죽으라 하면 죽어야 합니다. 그대들의 명운, 그대들의 삶, 모두 내가 관리합니다."

설마 이런 얘기에까지 수긍을 하지는 않겠지.

그런 일말의 기대감(?)을 갖고서 진이나는 통역을 했다.

그녀는 최대한 전율의 말뜻이 잘 전달될 수 있게 유난히 더 신경을 썼다. 그래야 사람들이 거부감을 느낄 테니까.

하지만.

끄덕.

이번에도 일제히 고개를 끄덕이는 것이 자의식 따위 내던져 버린 좀비들을 보는 것 같았다.

'모르겠다, 이제.'

결국 진이나는 생각하는 것을 그만두었다.

"마지막으로 여러분은 지구방위연합에 관한 모든 것들을 무덤에 들어갈 때까지 철저히 비밀에 부쳐야 합니다. 물론 여러분들이 초능력을 갖게 되었다는 것도 말입니다. 언젠가 이 모든 일들이 수면 위로 드러나기 전까지는 철저하게 감춰야 합니다. 일상에서는 절대로 초능력을 사용하지 마십시오. 알겠습니까?"

이번 전율의 말을 진이나는 차마 통역하지 못했다. 이해되지 않는 부분이 있었기 때문이다.

"일상에서 초능력을 사용하지 않으면, 어디서 사용하고 연습한단 말이에요?"

"통역이나 해."

"하아."

진이나는 정말로 생각하는 것을 그만두었다.

이미 이 공간은 상식이라는 개념이 전부 죽어버린 공간이었다.

전율이 그렇게 만들었다.

통역을 마치고 난 뒤, 이번에도 사람들은 전과 똑같이 고개만 끄덕였다.

전율은 비로소 최면의 힘을 거두어들였다.

"이제 됐습니다. 여러분은 지구방위연합의 대원이 되었습니다."

제정신을 찾은 사람들이 웅성거렸다.

그들이 주고받는 대화는 거의 다 같은 주제였다.

그들은 전율이 하는 말에 딱히 이의도 없고, 불쾌함이나 황당무계하다는 기분이 들었던 것도 아니다.

그게 당연하다 느꼈고, 그래서 받아들였다.

한데, 평소 같았으면 그런 얘기에 귀도 기울이지 않았을 그들이 어째서 이번에는 그토록 순순히 마음을 연 것인지 그게 본인들도 이해가 되지 않았다.

"개인 방송 끄세요."

진이나의 입을 통해 전해진 전율의 명에 모든 사람이 일제히 입을 다물었다.

"이제 계약 조건은 어기지 않은 거지?"

전율이 진이나에게 물었다.

"잠깐만요. 이건 아닌 것 같은데. 그들을 지구방위연합의 대원들로 회유시키는 건 성공했지만, 아직 초능력자로 만든 건 아니잖아요. 우리들은 일반인을 받아들여 먹여주고 재워주는 봉사 단체가 아니에요."

"그건 당장 해결해 주지."

"오늘이 가기 전에 해결해야 할 거예요."

"오늘? 한 시간도 걸리지 않아."

"믿어보도록 하죠."

말은 그렇게 했지만 사실 의구심이 더 큰 진이나였다.

전율이 대단한 사람이라는 건 이미 알고 있다.

그러나 아무런 능력도 없는 백 명의 사람을 무슨 수로 한 시간 안에 초능력자로 만든단 말인가?

마음이 삐뚤어지니 전율을 보는 시선도 덩달아 삐딱해졌다.

그녀의 시선을 느낀 전율이 피식 웃고서 시전어를 말했다.

"텔레포트."

순간 전율의 모습이 거짓말처럼 사라졌다.

"어?"

진이나가 놀라 눈을 크게 떴다.

그 자리에 모인 백 인의 사람들 역시 진이나와 같은 반응을 보였다.

＊　　　　＊　　　　＊

텔레포트 마법으로 집에 온 전율은 인피니트 백을 찾아, 다시 체육관으로 텔레포트를 시전했다.

그가 체육관 상낭에 모습을 드러내자 모든 이들이 귀신을 보는 것처럼 놀라 소스라쳤다.

그나마 안정을 유지하고 있는 건 전율이 초능력자라는 것을 아는 진이나뿐이었다.

"공간이동 같은 건가요?"

"맞아."

"당신의 한계는 대체……."

진이나는 말을 미처 다 맺지 못했다.

그녀의 상식선에서는 사람 한 명당 하나의 초능력, 많아봐야 두 개, 최대 세 개 정도의 초능력만 가질 수 있다는 걸로 알고 있었다.

그런데 전율의 능력은 그녀가 본 것만 해도 다섯 가지가 넘었다.

외계 종족과 싸울 당시의 상황에서 유추해 봤을 때, 인체를 강화했으며 뇌전의 기운을 사용할 줄 알았고, 체내의 기를 발출하는 것이 가능했으며, 기이한 동물들까지 소환하는 게 가능했었다.

그런데 초월고리회 본부에서는 간단하게 메인 컴퓨터를 해킹하는 전혀 다른 차원의 능력을 선보이는가 싶더니 이제는 공간이동까지 해버린다.

'아군으로 두길 정말 잘했어.'

그리고 전율이 악인이 아니라는 것에 진이나는 진심으로 감사했다.

이런 인간을 만약 적으로 만나게 되었다면? 그건 상상도 하기 싫은 일이었다.

그녀는 안도하는 한편, 전율을 계속 경계해야 함을 느꼈다.

전율이 인피니트 백에서 붉은색 빛을 발하는 심장 모양의 보석을 꺼내 들었다. 마나 하트였다.

사실 심장이라고 하는 게 맞지만, 그것을 처음 본 사람들의 눈에는 보석처럼 느껴졌다.

체육관에 모인 이들 중 시원하게 머리를 밀어버린 흑인 한 명이 손을 번쩍 들고 물었다.

"그게 뭡니까?"

유창한 한국어였다.

전율과 진이나의 시선이 그 흑인에게 향했다.

순간 전율의 입꼬리가 위로 스륵 말려 올라갔다.

그는 다름 아닌 미래에서 미라클 엠페러 삼 인 중 한 명으로 꼽히던 오러 마스터 댄젤 존스였다.

전율이 과거로 회귀하며 얻게 된 능력 중 하나는 그의 오러를 전승받은 것이다.

댄젤 존스는 전율이 자신의 질문에 대답은 않고 미소를 짓자 고개를 갸웃거렸다.

"제 한국어가 이상합니까?"

"아니요, 그 반대입니다. 아주 훌륭합니다. 그래서 웃었습니다. 오해하게 해 죄송합니다."

"아, 그렇군요. 아무튼 그게 무엇인지 알려주실 수 있겠습니까?"

댄젤 존스만큼이나 진이나도, 그리고 다른 이들도 전율이 들고 있는 보석의 정체가 궁금했다.

"이건 마나 하트라는 겁니다."

"마나 하트?"

진이나가 낮은 음성으로 중얼거렸다.

"외계 종족의 심장이죠."

"……!"

진이나가 너무 놀라 통역할 생각도 못 하고 눈만 깜빡였다.

"통역해."

그녀는 이걸 그대로 통역해야 할지, 아니면 반감이 들지 않도록 순화하는 게 옳을지 고민했다.

하나 그 고민의 시간은 길지 않았다.

"머리 굴리지 말고 있는 그대로 통역해."

진이나가 왜 망설이는 건지 알아챈 전율이 그녀를 다그쳤기 때문이다.

'아, 모르겠다.'

전율이 마이크를 자신에게 넘긴 그 순간부터 계속해서 힘든 시간이 이어지고 있었다.

진이나는 눈을 질끈 감고 마나 하트의 정체에 대해 얘기했다.

"This jewelry is alien's heart."

"What the fuck!?"

댄젤의 옆에 서 있던 백인이 저도 모르게 욕설을 뱉었다.

다른 이들은 충격을 너무 받아서 차마 말을 하지도 못하고 있었다.

"그리고 이것을 먹어야, 여러분은 초능력자가 될 수 있습니다."

통역을 하는 진이나의 눈꺼풀이 파르르 떨렸다.

외계인의 심장을 먹어야 한다는 사실이 그로테스크했기 때문이 아니다.

이게 정말 말이 되는 상황인지 스스로 확신이 없었기 때문에 통역을 하는 자체가 불편했다.

진이나처럼 사람들도 이 말을 쉽사리 믿지 못했다.

그러자 전율이 그들에게 믿음을 심어주었다.

"전 거짓을 말하지 않습니다. 믿으세요."

진이나가 그 말을 통역했고, 그러자 신기한 일이 벌어졌다.

우왕좌왕 정신을 못 차리고 난리를 떨어대던 이들이 일제히 입을 다물고 고개를 주억거리기 시작한 것이다.

진이나는 자신이 마치 사이비교의 한복판에 서 있는 것 같은 느낌이 들었다.

교주는?

물론 신도들의 혼란스러움을 말 한마디로 정리해 버린 전율이었다.

어떻게 이 상황을 믿으라는 단어 하나로 종결시킬 수 있단 말인가?

전율은 댄젤을 지목해서 강당 위로 올라오라는 제스처를 취했다.

댄젤이 순순히 강당으로 올라섰다.

전율은 그에게 마나 하트를 건넸다.

댄젤은 그것을 넘겨받고 잠시 동안 바라보다가 결심한 듯 베어 물었다.

그러자 마나 하트는 액체의 형태로 변해 그의 목으로 부드럽게 흘러 들어갔다.

제법 큼직했던 마나 하트를 순식간에 먹어치운 댄젤이 몸 안에서의 변화를 느끼며 눈을 흡떴다.

진이나는 그가 어찌 변하는지 궁금해 숨 쉬는 것도 잊은 채 집중해서 지켜봤다.

하지만 겉으로는 아무런 변화가 일지 않았다.

아니, 전율의 눈에는 변화가 보였다.

댄젤의 몸에 일렁이는 미약한 푸른빛이 갑자기 증폭했다.

이능력을 각성한 것이다.

"어떤가?"

전율이 물었다.

댄젤이 주먹을 서서히 쥐었다 펴며 대답했다.

"힘이… 느껴집니다."

*   *   *

실로 믿을 수 없는 광경이 일어났다.

진이나는 대체 이 상황을 어떻게 이해해야 하는지 고심했다.

'저 작은 가방에서 마나 하트가 백 개나 나왔어.'

진이나의 시선은 인피니트 백에 꽂혀 있었다.

저건 초능력이나 과학으로 어떻게 해결할 수 있는 문제가 아니었다. 적어도 진이나가 알고 있는 두 가지 힘의 범주에서는 그랬다.

'초능력을 넘어서는 새로운 힘이 있는 걸까?'

분명 그럴 것이다. 그게 아니라면 설명이 불가능했다.

인피니트 백의 수수께끼만 해도 머리가 아픈데 진이나는 그보다 더한 일을 눈앞에서 목격하게 되었다.

마나 하트라는 것을 섭취한 이들이 정말 초능력을 얻은 것이다.

게다가 그 초능력들도 다양했다.

초월고리회에서 지금껏 조사해 온 초능력자들과는 전혀 상이한 능력을 구현하는 이들이 허다했다.

이건 기적이었다.

단 하루, 아니, 한 시간 만에 멀쩡한 사람들 백 인을 모조리 초능력자로 바꿔 버리다니.

대체 저 마나 하트라는 것이 어떠한 성질로 이루어져 있는 것이기에 이런 일이 가능한 건지 궁금해지는 진이나였다.

해서 전율에게 물어봤지만 그는 외계인의 심장이라는 대답만 내놓을 뿐이었다.

"이제 만족해?"

전율의 물음이 진이나의 귀를 타고 들어왔다.

그녀는 차마 전율에게 시선을 돌리지 못한 채 고개를 끄덕였다.

초능력자가 된 이들이 하늘을 날아다니고 물과 불을 쏘아대는가 하면, 동에 번쩍 서에 번쩍 공간이동하는 건 예사고 어떤 사람은 그림자에 스며들더니, 또 다른 사람은 온갖 동물로 변신을 해댔다.

이런 상황에서 어찌 만족하지 않는다고 할 수 있겠는가?

"다들 그만."

전율의 말에 백 인의 사람들이 초능력을 사용하는 것을 멈쳤다.

"그 정도면 자신의 능력이 무엇인지 충분히 인지했을 것이라 생각합니다. 이제 여러분은 정식으로 지구방위연합 어스 뱅가드의 대원이 되었습니다. 하지만 작은 문제가 하나 있습니다. 통역."

진이나가 넋 놓고 있다가 한 박자 늦게 전율의 말을 통역했다. 그에 댄젤이 팔을 들고 물었다.

"무슨 문제가 있는 겁니까?"

전율은 댄젤을 볼 때마다 자꾸 웃음이 났다.

그가 기억하는 댄젤은 감히 누구도 함부로 접근할 수 없는 장엄한 기운을 뿜어내는 이였다.

미라클 엠페러라는 칭호가 무색하지 않을 만큼 장대한 기골에 부리부리한 두 눈에는 늘 강렬함이 어려 있었다.

한데 저렇게 왜소하고 해맑은 댄젤을 보고 있자니 이게 또 다가오는 느낌이 색달랐다.

반면 댄젤은 전율이 자꾸 자신만 보면 피식거리며 웃어버리는 게 영 못마땅했다.

'내 생김새가 재미있나? 아니면 한국어가 어설퍼서? 사람 얼굴 보고 그만 좀 웃지, 정말 매너 없네.'

댄젤은 전율을 오해하고 그가 참 무례한 인간이라고 생각했다.

하지만 이상하게도.

"팔부터 내리죠. 계속 들고 있으면 아프지 않겠습니까?"

"네."

전율의 말은 절대로 거역할 수가 없었다.

그는 당장 팔을 내리고서 전율의 말이 이어지길 기다렸다.

"그 문제는 우리의 새로운 터전이 되어줘야 할 지구방위연합 어스 뱅가드가 아직도 제대로 된 발대식을 가지지 않았다는 겁니다."

사람은 모았는데 그들이 머물 둥지가 없다면 그건 큰 문제였다.

진이나는 거기에 대해서는 통역을 하지 않고 전율에게 해명했다.

"그건 전율 님께서 먼저 조건을 충족시켜야 지구방위연합의 이름을 달고 가는 것으로……."

"그러니까 당장 전화해서 초월고리회를 지구방위연합으로 바꿔."

하나의 거대한 단체의, 그것도 비밀 조직들 중 가장 거대한 초월고리회의 성질을 어찌 손바닥 뒤집듯 그렇게 쉽게 바꿀 수 있겠는가?

물론 초월고리회의 리더 케인은 이런 경우를 대비해서 내부적으로 변화의 초석을 다지고 있는 중이었다.

하지만 한 달 만에 모든 일을 마무리 짓는 건 힘든 일이었다. 그것도 전율이 백 명의 초능력자들을 만들어낸다는 확실한 보장도 없이 말이다.

그러나 전율은 그것을 해냈다.

그의 입장에서 보자면 당장 초월고리회를 지구방위연합 어스 뱅가드로 재출발시키라는 것이 마냥 억지는 아니었다.

말이 안 되는 요구이긴 하지만, 전율 역시도 말이 안 되는 일을 해냈기 때문이다.

"시간이 좀 더 필요해요."

난감해하는 진이나의 눈을 전율이 무섭게 노려봤다.

"가는 게 있으면 오는 게 있어야 한다. 그게 계산에 밝은 초월고리회의 신념 아닌가? 난 분명히 줬다. 내가 원하는 걸 당장 내놓지 않으면 어떤 짓을 벌일지 몰라."

진이나는 전율의 이런 태도가 이해되지 않았다.

전율이 약속을 지켰으니 시간이 조금 걸리더라도 초월고리회는 그가 원하는 형식의 집단으로 바뀔 것이다.

그럼에도 전율은 그것을 기다리지 못하고 당장 결과물을 보이라 하고 있었다.

전율이 이렇게 일을 재촉하는 이유는 초월고리회를 정신없이 흔들어놓기 위해서였다.

초월고리회의 수뇌부들은 아주 영악한 이들인지라 조금만 빈틈을 보이면 헤집고 들어와 사람을 이리저리 휘두른 다음, 결국 자신들의 말을 들을 수밖에 없게 만들고, 그들이 원하는 것을 쏙쏙 빼내어 간다.

전율은 그들이 먼저 손을 쓰기 전에 자신이 주도권을 잡으려 하는 중이었다.

물론 어중이떠중이가 이런 식으로 행동한다면 '어린애 땡깡

부리듯 하지 말고 다른 데 가서 놀라며 걷어차일 것이다.

그러나 전율에게는 힘이 있었다.

감히 초월고리회도 함부로 할 수 없는 거대한 힘이. 게다가 그를 따르는 11명은 또 어떠한가?

한 명 한 명이 작은 마을 하나쯤 일망타진할 수 있는 힘을 가진 이들이다.

그렇기에 전율의 이러한 행동이 단순한 땡깡이 아닌, 커다란 위협으로 다가오는 건 당연했다.

"아, 알았어요. 상부에 얘기해서 최대한 빨리⋯⋯."

"아니."

전율이 진이나의 말을 끊었다.

'또 무슨 말을 하려고.'

진이나가 전율의 눈치를 살피며 조심스레 물었다.

"그럼⋯ 원하시는 리미트를 정해주세요."

"오늘."

"⋯네?"

"똑같은 조건으로 하지. 한 시간."

"⋯⋯."

기가 턱 막혔다.

이게 무슨 손바닥 뒤집는 것처럼 간단한 일도 아닌데 하루도 아니고 고작 한 시간 안에 해결하라니.

"한 시간이 지나서도 내가 원하는 것을 내놓지 않으면 이들을 데리고 떠나겠다."

진이나가 마른침을 삼키며 백 명의 초능력자들을 바라봤다.

지금 초월고리회엔 그들이 꼭 필요했다.

아니, 초능력자를 너무나 쉽게 양산해 내는 전율이 필요했다.

결국 그녀는.

"알겠어요. 지금 상부에 연락해 볼게요."

전율이 원하는 답을 내놓을 수밖에 없었다.

*   *   *

초월고리회 한국 지부의 리더 마스터 성으로부터 보고를 받은 리더 케인은 입꼬리를 말아 올렸다.

"미스터 전. 정말 재미있는 사람이군."

케인이 의자에 몸을 깊이 묻었다.

그의 사무실은 사위가 검은 대리석으로 둘러싸인 10평 남짓의 좁은 공간이었다.

지하에 마련된 곳인지라 창문도 없고, 오로지 천장에 달린 등으로만 빛을 밝힐 수 있었다.

하지만 케인은 그 등을 거의 켜지 않고 생활했다.

지금도 그저 천장에서 내려온 커다란 모니터의 불빛에만 의존해 담배 한 개비를 물고 불을 붙였다.

"한 시간 이내에 초월고리회를 완전한 지구방위연합으로 바꿔라? 원한다면… 그렇게 해드리죠."

담배 한 모금을 깊이 빨아들인 케인이 손가락을 딱 튕겼다.

그러자 벽에 달린 커다란 스피커에서 다소곳한 여인의 음성이 들려왔다.

—찾으셨나요, 리더 케인.

"지금 이 시간 이후부터 초월고리회의 이름을 지구방위연합 어스 뱅가드로 바꾸도록. 이 사항을 전 세계 초월고리회 지부에 전달하고."

—당장 실행합니까?

"당장."

—알겠습니다.

명령을 전한 리더 케인이 다시 한 번 담배를 깊이 빨았다.

"후-우."

뿌연 담배 연기가 아지랑이처럼 피어올랐다가 빠르게 천천히 흩어졌다.

"미스터 전. 초월고리회의 근간을 흔드는 척하며 주도권을 가져가려는 모양이군요. 사나운 맹수에겐 먹이를 던져 줘야지요. 아주 크지만, 속은 텅 비어 껍데기만 남은 먹이를. 속았다는 것을 알았을 때쯤엔, 이미 목줄이 걸려 있을 겁니다. 초월고리회의 이름을 바꾸는 것쯤이야, 아주 쉬운 일이지."

리더 케인이 재떨이에 담배를 비벼 끄고 눈을 감았다.

며칠간 잠을 자지 못했던 터라 수마가 빠르게 그를 꿈속으로 끌고 들어갔다.

*   *   *

지이이이잉—

스마트폰에서 울리는 작은 진동이었지만 잔뜩 예민해진 진이나에겐 그것마저 크게 다가왔다.

진이나가 애써 놀란 기색을 숨기며 전화를 받았다.

"네. …네. 네? 아… 네, 알겠습니다. 네."

통화를 끝낸 진이나의 안색이 몽롱해졌다.

'꿈인가?'

차라리 이 모든 게 다 꿈이었으면 맘 편히 받아들일 수 있겠다. 하지만 그녀는 꿈과 현실을 구분하지 못할 만큼 인지 능력이 떨어지지 않았고, 매우 이성적인 여인이었다.

그래서 더 이 현실을 받아들이기가 힘들었다.

"대답은?"

전율이 물었고.

"…지금 이 시간부로, 초월고리회는 지구방위연합 어스 뱅가드로 새롭게 출발하기로 했다고 공식 명령이 내려졌다네요."

진이나가 힘없이 대답했다.

전율이 시간을 확인해 보니, 그가 말한 한 시간보다 삼십 분이나 앞당겨 일이 정리되었다.

"거봐. 하면 되잖아."

전율이 눈에 초점을 잃고 서 있는 진이나의 어깨를 툭 쳤다.

비틀.

다리에 힘이 풀려 휘청거린 진이나가 퍼뜩 정신을 차리고 중심을 잡았다.

"그럼 이제 이들을 어디로 보내는 거지?"

백 명의 인원을 수용하기란 여간 까다로운 일이 아니다.

그들이 먹고 자고 생활하는 데 불편함이 없는 공간을 제공해야 하기 때문이다.

하지만 초월고리회의 힘이라면 그 정도쯤 아무것도 아니었다.

전율은 이미 초월고리회 측에서 그들의 거처를 마련해 놓았을 것이라 가정하고 물었다.

"아, 리무진 버스 다섯 대를 대절해 놓았어요. 조금 있으면 도착할 테니 스무 분씩 나눠서 타주시면 숙소로 모셔다드릴 거예요."

"역시, 이런 면에서는 시원시원하군."

"같이 가보시겠어요?"

"그래야지. 혹시 숙소에 열한 명 더 지낼 공간이 있나?"

"강원도 정선의 호텔을 통째로 매입했어요. 호텔 방이 총 120개니까 여분은 충분해요."

"잘됐군."

"몇 달은 이 호텔 방에서 지내다가 전율 님께서 부탁하신 신북읍의 건물이 완공되면 그곳으로 옮겨 드릴 예정이에요."

"그럼 호텔은 놀게 될 텐데?"

"왜 놀아요? 일반인들 상대로 운영이 되니 수익을 벌어들이겠죠. 그 호텔, 방 회전이 제법 괜찮게 되는 곳이에요."

역시 손해 보는 장사는 하지 않는 초월고리회였다.

* * *

전율이 입을 다물어 버리니 체육관 안은 어색한 공기로 가득 찼다.

진이나도 딱히 할 말이 있었고, 오늘 처음 본 데다 갑자기 초능력자가 되어버린 백 명의 사람들은 자신이 어쩌다 이런 길을 가게 되었는지에 대해 고심하는 중이었다.

그렇게 침묵으로 일관된 시간이 흐르던 와중.

빵빵—!

숨통을 틔워주는 소리가 밖에서 들려왔다.

대절한 리무진 버스가 도착한 것이다.

체육관의 문이 열리고 한상혁이 밖으로 나오라 손짓했다.

전율과 진이나를 필두로 나머지 사람들이 우르르 따라나섰다.

그들은 스무 명씩 버스에 나눠 탔고, 진이나와 전율은 한상혁이 운전하는 세단에 몸을 실었다.

한상혁이 앞장서서 차를 몰았고 다섯 대의 리무진 버스가

기차처럼 따라붙었다.

이것으로 전율이 원하는 그림의 밑바탕은 그려졌다.

비로소 지구의 명운을 책임질 지구방위연합 어스 뱅가드가
그 초석을 다지게 되었다.

Chapter 64.

Ability Men

시작이 반이라고 했다.

전율이 어스 뱅가드로 거듭난 초월고리회와 손을 잡고 나서는 하루가 멀다 하고 초능력자의 수가 늘어만 갔다.

지구방위연합이라는 명목하에 새로이 발족한 어스 뱅가드는 한 달이 지난 시점에서 삼백이 넘는 초능력자들을 품에 안게 되었다.

그리고 이러한 사실을 전 세계의 다른 비밀 조직들에게 공표한 뒤, 지구방위연합의 깃발 아래 함께 모이기를 종용했다.

이미 내로라하는 비밀 조직들, 프리메이슨, 일루미나티, 스컬 앤 본즈, 장미십자단, 로스차일드가의 비호 아래 세워진 빌더 버그 등에서는 지구가 외계 종족의 1차 침공을 받았으며, 그들을 막아낸 초인들이 있다는 걸 알고 있는 상황이었다.

한데 그 초인들은 물론이거니와 삼백이 넘는 초인을 어스 뱅가드가 품고 있다니 그들의 권유를 무시할 수 없었다.

게다가 그들이 무작정 무력으로 짓누르며 지구방위연합의 가입을 강요한다면 어떻게든 외면할 수 있었겠지만, 어스 뱅가드의 전신은 영악한 초월고리회였다.

절대 손해 보는 장사를 하지 않는 그들은 지구의 안녕이라는 대의 아래 모두가 뭉쳐야 할 때라 말했다.

이런 상황에서 어스 뱅가드의 말을 무시하는 것은 지구의 평안 따위 알 바 아니라고 손 털어버리는 것과 다를 게 없었다.

그렇게 되면 눈 밖에 나게 되는 건 자명한 일이고, 다른 세력들과의 교류 역시 완전히 끊어져 고립되어 썩어버릴 게 뻔히 보였다.

결국 모든 비밀 세력들은 울며 겨자 먹기로 지구방위연합의 이름표를 붙일 수밖에 없었다.

어스 뱅가드는 비밀 세력들은 전부 산하에 두고 관리하게 되면서 그 힘이 더욱 강대해졌다.

이 모든 것은 전율이 있었기에 가능한 일이었다.

＊　　　＊　　　＊

전율이 어스 뱅가드에서 하는 일은 오로지 이능력자들의 양성이었다.

그는 마더의 메모리에 기억되어 있는 이능력자들의 모든 정보를 어스 뱅가드에게 넘겨주었다.

그들은 이능력자들을 여러 가지 방법으로 속여, 자발적으로 한국에 오게끔 만들었다.

그다음은 일사천리였다.

어느 누구든 전율만 만나면 무조건 이능력을 각성한 뒤 어스 뱅가드의 멤버가 되었다.

대체 그가 무슨 마법을 사용하는 건지 여전히 어스 뱅가드의 수뇌부들은 알아낼 수 없었다.

게다가 마나 하트가 어떠한 메커니즘으로 평범한 사람을 이능력자로 만드는지 역시 의문이었다.

전율이 그 두 가지의 비밀에 대해서는 절대로 말을 하지 않았기 때문이다.

한데 그보다 더 알 수 없는 일이 있었다.

그것은 이능력을 얻은 사람들이 대체 어디서 어떻게 수련을 해 강해지는 것이냐는 점이었다.

어스 뱅가드의 사람들은 전율이 관리하는 이능력자들을 제외하고서는 마스터 콜에 대해 전혀 알지 못했다.

이능력자들은 전율의 지도하에 마스터 콜에 접속해 성장을 해나갔기에, 다른 사람들이 보기에는 그들이 그저 하루 종일 탱자탱자 먹고 노는 걸로 보일 뿐이었다.

한데 일주일에 한 번씩 그들의 능력을 테스트해 보면, 일주일 전과는 비교도 안 될 만큼 확연히 성장해 있었다.

도통 모를 일이었다.

그나마 조금 튀는 행동은 이능력자들이 시도 때도 없이 바닥에 드러누워 눈을 감았다 뜨거나, 자주 낮잠을 청한다는 것 정도였다.

한데 그것이 이능력자들의 성장과 연관이 있다 생각하기엔 어려웠다.

그런 상황이다 보니 어스 뱅가드 내에서 전율의 입지는 더욱 굳건해졌고, 그의 존재 역시 독보적이 되었다.

아무도 그의 자리를 대신할 수 없었기 때문이다.

전율이 그런 대접을 받으니 그가 관리하는 이능력자들 역시 어스 뱅가드의 요원들이 함부로 대하지 못했다.

한번은 어스 뱅가드의 요직에 있는 요원 중 한 명이 이제 막 각성한 풋내기 이능력자에게 인신공격을 한 적이 있었다.

작은 일로 시비가 붙었는데, 감정이 격해져 그리된 모양이었다.

이에 전율은 당장 상부에 그 요원을 퇴출시키라 요구했다. 만약 그 요구가 받아들여지지 않는다면 이능력자들을 데리고 조직을 나가 버리겠다며 엄포를 놓았다.

마스터 성은 머리가 지끈거렸다.

문제를 일으킨 요원은 어스 뱅가드의 입장에서 놓치기 아까운 인재였기 때문이다.

하지만 덧셈 뺄셈만 할 줄 알아도 지금 어느 것을 버리는 게 덜 손해인지는 자명했다.

결국 마스터 성은 전율의 요구를 들어주었다.

그날 이후로 어스 뱅가드 내에서 전율과 이능력자들의 입지는 더더욱 강건해졌다.

한데 이 사건의 이면에는 전율과 퇴출된 요원 둘만이 아는 은밀한 거래가 있었다.

사실 그 요원은 보름 전부터 어스 뱅가드를 나가고 싶은 마음을 은연중 드러내고 있었다. 그러나 본의 아니게 출중한 능력 때문에 어스 뱅가드에서는 그 요원을 놔줄 분위기가 아니었다.

차마 그만두고 싶다 말도 못 꺼내고 한숨만 늘어가던 때, 이러한 그의 심정을 전율이 눈치채고 접근했다.

이후 둘만의 은밀한 딜이 성사되었다.

요원은 일부러 이능력자 중 한 명에게 시비를 걸었고, 전율은 그것을 빌미로 요원을 퇴출시켜 달라 요구했다.

결국 요원은 자신의 바람대로 어스 뱅가드를 나오게 되었고, 전율과 이능력자들의 입지는 더욱 커졌다.

서로가 좋은 결말을 얻게 된 것이다.

그럴수록 점점 더 어스 뱅가드의 뿌리라 할 수 있는 초월고리회 출신의 수뇌부들은 머리가 지끈거려 왔다.

*　　　　*　　　　*

어스 뱅가드 설립 후 세 달이 지났다.

이제 신북읍의 숙소 공사가 완료되었고, 그새 오백으로 불어난 이능력자 중 반은 그 숙소에서 지낼 수 있게 되었다.

숙소의 규모는 전율이 생각했던 것보다 어마어마하게 컸고 고급스러웠다.

어스 뱅가드 지부에서 모든 자금을 지원한 데다가 한국 최고의 건축 전문가들을 붙여서 최고급 호텔과 비교해도 손색이 없는 건물이 탄생한 것이다.

단순히 호텔급 숙소만 완공된 건 아니었다.

공사 도중 온천이 터져, 온천 시설도 건축했다.

그래서 이곳은 온천을 품은 숙소가 되었고, 여기에 묵게 된 이능력자들은 하나같이 환호했다.

이능력자들의 수는 달에 백 정도씩 늘어나는 추세고, 마더의 메모리에 저장된 이능력자들은 전부 이천여 명에 달했다.

결국엔 그들을 다 어스 뱅가드에서 관리해야 할 텐데 숙소 하나로는 부족했다.

해서 어스 뱅가드는 숙소를 전국구로 지어 관리하는 게 어떻겠느냐 전율에게 제안했다.

그러나 전율은 이를 단칼에 거절했다.

그는 모든 이능력자들을 자신의 관리하에 두어야 하니 신북읍의 땅을 더 사들여 거기에 숙소를 몇 채 추가 건축하라 일렀다.

어스 뱅가드의 수뇌부들 입장에서는 달가운 일이 아니었다. 그 요구대로 따르는 건 전율의 힘을 더욱 키워주는 것밖에 되지 않기 때문이다.

하지만 이를 거절할 별다른 명목이 없었다.

전율은 어스 뱅가드 내에서 슈퍼 을(乙)이었다.

감히 누구도 그를 건들 수 없었고 그의 요구를 거부할 수 없었다.

결국 어스 뱅가드는 전율의 요구를 수락해 신북읍에 숙소 건물 몇 채를 더 만들기로 했다.

*　　　　*　　　　*

한 달이 더 지났다.

이능력자의 수는 631명에 달했다.

전율은 이제 그들을 혼자 관리하기에 무리가 있다 판단해, 그가 가장 신임하는 열한 명의 사람, 최초의 이능력자들에게 사범의 자격을 내려주었다.

견우리, 조하영, 이건, 김기혜, 유지광, 설열음, 장도민, 루채하, 진태군, 이서진, 장철수.

그들은 이제 지하 1층도 충분히 클리어할 수 있는 수준이 되었다.

견우리는 버서커가 패시브 스킬이 되었다.

본래 버서커 모드는 견우리가 원할 때만 돌입했다가 유지 시간이 끝나면 후유증으로 보통의 사람과 다름없는 육신이 되는 능력이었다.

한데 유지 시간 자체가 사라졌다.

그녀는 항상 버서커 모드에 돌입해 있는 상태고, 그로 인한 후유증 역시 없어졌다.

단일 대상을 상대로 입힐 수 있는 물리적 대미지는 11명의 사범 중 그녀가 최고라고 할 수 있었다.

조하영은 매혹의 능력이 가늠할 수 없을 정도로 거대해졌다. 그녀는 지하 1층에 들어설 때마다 맞닥뜨리는 외계 종족들 중 삼분의 일을 매혹시켜 자신의 군단으로 부리곤 했다.

이제는 그녀가 굳이 능력을 쓰지 않아도 풍겨지는 기운에 현혹되어 알아서 따르는 몬스터들이 생겨날 정도였다.

이건은 육신의 피부뿐만 아니라 뼛속까지도 전부 오러화가 되었다. 그 역시 전투에서만 육신을 오러화시킬 수 있는 게 아니라 일상에서도 늘 오러화를 유지할 수 있는 상태가 되었다.

유지광의 무형검은 총 여덟 자루로 늘어났다.

게다가 그는 이 무형검을 손대지 않고 휘두를 수 있는 경지에 올랐다.

무형검 여덟 자루는 그의 몸 주변에 떠 있다가 그의 의지대로 움직이며 주변의 적들을 도륙하는 무서운 무기가 되었다.

설열음과 진태군은 8서클의 마법을 구사하는 경지에 다다랐다.

그들이 전력을 다해 8서클의 광범위 마법을 시전하면 전장에 수백 구의 시체가 생겨나곤 했다.

장도민는 이제 배리어의 장인 수준이 되었다.

배리어를 수십 가닥으로 잘라 상대를 공격하는 것도, 배리어를 응축해 탄을 만들어 날리는 것도 신박했는데, 이제는 배리어를 아군이 아닌 적군 한복판에 형성시킨 뒤, 그대로 압축해 수백의 적군을 터뜨려 죽이는 기술까지 선보이게 되었다.

루채하는 초음속을 넘어서 광속으로 움직일 수 있었다. 또한 바람의 힘을 이용해 작은 마을 하나는 초토화시킬 정도의 토네이도까지 일으키는 게 가능했다.

이서진은 중력 제어 하나만으로 수백의 적군을 과일즙 짜듯 짓이겨 죽이는 전장의 사신이 되었다.

일정 범위의 중력을 사위에서 중심을 향해 짓누르도록 바꿔 버리는 것이 이 기술의 핵심이었다.

생령 흡수를 계속해 온 장철수는 이제 이팔청춘의 모습을 되찾아 꽃미남으로 거듭나 있었다. 게다가 그는 얕고 넓은 잡기술의 보고였다.

생령을 흡수할 때마다 그 대상의 능력까지 조금씩 흡수하게 되다 보니 이런 잡캐릭터가 탄생하고 말았다.

하지만 그렇다고 약한 게 아니었다.

그는 상대방이 예상 못 한 변칙 공격을 펼치는 데는 타의 추종을 불허했고, 그 변칙 공격이 단 한 번도 실패한 적은 없었다.

마지막으로 열한 명의 이능력자 중에서도 가장 발군의 기량을 자랑하는 자타 공인 최강자, 김기혜.

그녀는 광속학의 능력으로 어떤 기술이나 힘도 금세 자기 것으로 만들어 빠르게 발전시켜서 이제는 지하 3층 정도는 단신으로 모든 외계 종족을 쓸어버리는 게 가능할 만큼 괴물이 되어 있었다.

전율은 보는 것만으로 마음이 든든해지는 그 열한 명의 사범들과 함께 오늘도 이능력자들을 계속 키워 나가는 중이었다.

600이 넘은 이능력자 중 상위 그룹 200명은 이미 마스터 콜의 전장, 즉 지하 10층 이상에 도전할 수 있는 수준이 되었다.

중간 그룹 300명은 필드를 전전하는 정도고 나머지 100명은 아직 던전을 돌고 있었다.

전율은 이들이 더 빨리 성장하기를 바랐다.

이제 다음 외계 종족의 침략까지 여유 시간이 한 달밖에 남지 않았기 때문이다.

이러한 사실을 알고 있는 사범들도 이능력자들을 이끄는 데 더욱 열심이었다.

그러던 어느 날, 김기혜가 전율에게 엉뚱한 질문을 건넸다.

"율 리더! 근데 언제까지 모험가들을 이능력자라고 불러야 됩니까? 조금 더 그럴듯한 이름이 있으면 좋겠다는!"

"이름?"

"네. 이능력자 말고 뭐… 슈퍼레인저라거나 그런 거 있잖아요."

딱히 생각해 보지 않는 문제였다.

전율이 그런 게 꼭 필요한 건가? 하는 고민에 빠져 있을 때 가만히 곁에 다가온 설열음이 한마디를 건넸다.

"어빌리티 멘(Ability Men)."

"어빌리티 멘?"

김기혜가 눈을 동그랗게 뜨더니 그 이름을 몇 번 되새기다가 손가락을 딱 튕겼다.

"와우! 좋은 거 같다는! 어때요, 율 리더? 어빌리티 멘! 뭔가 있어 보이지 않아요? 이걸로 해요. 네?"

호들갑을 떠는 김기혜를 보며 전율이 피식 웃었다. 그의 시선이 설열음에게 향했다. 그녀는 언제 자기가 작명을 했냐는 듯 다른 이능력자들에게 가서 조곤조곤 지도를 하고 있었다.

전율이 고개를 끄덕였다.

"그러도록 하죠."

그것이 지구방위연합 어스 뱅가드 소속 전투 대원 어빌리티 멘의 탄생이었다.

Chapter 65.
2차 침공

전율이 겪었던 지옥과도 같은 전생에 코드 네임 레이더(Radar)라고 불리는 여인이 있었다.

그녀는 어스 뱅가드 소속의 이능력자였다.

본명은 헬렌 토마스.

헬렌의 능력은 실상 전투 자체에는 아무런 도움이 되지 않았다.

신체 능력이 뛰어난 것도, 외계 종족과 맞서 싸울 만한 힘을 갖게 된 것도 아니었다.

하지만 헬렌은 어스 뱅가드 내에서 미라클 엠페러 3인과 맞먹는 특급 존재로 분류되어 늘 융숭한 대접과 보호를 받았다.

그녀에겐 누구도 대신할 수 없는 능력이 있었기 때문이다.

지구방위연합 어스 뱅가드가 그나마 외계인의 침략에 미리 대처할 수 있었던 건 발전된 과학 문명 때문이 아니었다.

　이미 외계 종족은 지구의 과학을 훨씬 초월하는 문명을 이룩한 이후였다. 그들의 입장에서 보자면 지구의 과학은 한참 낙후된 낡은 문명에 지나지 않았다.

　따라서 제5차 침공 때까지도 외계 종족은 지구인들의 눈을 속이며 예상치 못한 곳을 치고 들어왔었다.

　그러던 어느 날, 헬렌 토마스라는 여인이 이능력자 시험에 지원했고 지금껏 아무도 갖지 못한 능력을 각성했다.

　헬렌의 능력은 전 우주에 존재하는 모든 생명체의 기운을 감지할 수 있는 것이었다.

　당연히 지구로 다가오는 외계 종족의 기운 역시 감지할 수 있었다.

　어스 뱅가드는 그녀에게 레이더라는 코드 네임을 내린 뒤, 당장 이능력자 최고의 대접을 약속하며 일급 보호 시스템을 적용시켰다.

　그날 이후로 헬렌은 외계 종족이 어느 시점에 어디로 침략을 해오는지 정확히 짚어냈다.

　그로 인해 어스 뱅가드는 외계 종족의 침략에 미리 대처할 수 있게 되었다.

　어스 뱅가드 측에서는 헬렌의 등장이 반가우면서도 안타까웠다. 반가운 이유야 굳이 설명할 필요가 없을 테고, 안타까운 이유는? 조금만 더 그녀를 빨리 발견했다면 지금까지의 희생을 훨씬 줄일 수 있을 터였고, 또 하나, 헬렌이 이미 시한부 인생을 살고 있었기 때문이다.

이미 대장암 말기였던 그녀는 당시의 과학 문명으로도, 마나 하트의 힘으로도 살려낼 수 없었다.

할 수 있는 것이라곤 암의 진행을 늦추어 최대한 생명을 연장시켜 주는 게 고작이었다.

사실 헬렌이 십중팔구는 죽어나간다는 이능력자 시험에 도전한 것도 어차피 죽을 목숨 모험이나 해보자는 생각에서였다.

당시의 그녀는 아직 이팔청춘 꿈 많을 나이의 아름다운 여인이었다.

하지만 무슨 하늘의 장난인지 그 어린 사람이 대장암 말기 판정을 받았고 남은 수명은 6개월이 고작이었다.

병마와 싸우며 다섯 달을 버티고 이제 한 달 후면 저승길에 오르게 되었을 때, 헬렌은 어스 뱅가드를 찾아왔다.

이미 그녀는 심신이 많이 지쳐 있었다.

대장암으로 고통받는 시간도 더는 싫었다. 하지만 자살을 할 용기는 없었다. 그런데 마나 하트를 먹은 자들 열에 아홉은 죽는다고 했다. 게다가 지구를 위해 희생한 이들은 국가에서 마련한 영웅의 무덤에 묘를 마련하고 관리하며, 그 넋을 달래 준다고 했다.

병마랑 싸우다 개죽음 당하느니 그편이 훨씬 나을 것 같았다.

그래서 헬렌은 이능력자 각성 시험에 지원했다.

죽으면 그것도 나쁘지 않고 이능력자가 된다면 자신의 병이 낫지 않을까 하는 기대가 컸다.

결과적으로 헬렌은 이능력자가 되었으나, 병은 낫지 않았다.

하나 한 달밖에 남지 않았던 생명이 어스 뱅가드의 지극한 간호 아래 2년이나 연장되었다.

헬렌에게도 어스 뱅가드 측에서도 안타까운 일이었다.

그녀가 암을 이겨내지 못하고 죽음을 맞은 뒤, 어스 뱅가드는 다시 우후죽순 외계 종족의 침략에 휘둘리기 시작했다.

그만큼 그녀는 중요한 존재였다.

그런데 지금.

전율은 약관을 갓 넘은 헬렌을 마주 보고 서 있었다.

헬렌이 어스 뱅가드 소속 이능력자였던 만큼 마더의 메모리에도 그녀의 정보가 저장되어 있었고, 이를 토대로 어스 뱅가드의 요원들이 그녀를 한국으로 데려온 것이다.

그다음은 늘 그렇듯 일사천리였다.

전율은 최면의 힘으로 헬렌을 홀린 뒤, 마나 하트를 먹여 그녀의 이능력을 각성시켰다.

이후 전율은 그녀에게 건강검진을 받게 했다.

당연히 대장 쪽에서 암세포가 발견되었고, 아직 초기 진행 단계였다.

어스 뱅가드는 전율로부터 그녀의 능력이 무엇인지 전해 들은 터라, 그녀가 얼마나 소중한 존재인지 알고 있었다.

해서 암세포가 발견되었다는 말에 국내 최고의 의료진을 붙여 당장 수술을 진행했다.

헬렌은 무사히 치료를 받아 현재는 회복기에 접어들었다.

일상적인 생활이 가능했고 이능력을 사용하는 데도 아무런 제약이 따르지 않았다.

그녀는 따로 마스터 콜을 이용할 필요가 없었다.

헬렌의 능력은 불변이다.

성질이 달라지지도 그 힘이 커지거나 약해지지도 않는다.

따라서 전율이 그녀를 보러 가는 이유는 훈련을 위해서가 아니라 그저 일상적인 대화를 나누며 심리 상태를 파악하기 위함이었다.

오늘도 그랬다.

헬렌과 전율은 일상 속의 시시콜콜한 대화를 나누며 시간을 보냈다.

물론 전율이 능숙하게 영어를 구사하게 된 것은 아니다.

그럼에도 영어를 사용하는 헬렌과 국어를 사용하는 전율이 막힘없이 대화를 할 수 있는 건 그들의 귀에 착용된 바둑알만 한 자동번역기 덕분이었다.

전율은 어스 뱅가드의 능력자들을 상대할 때 늘 진이나를 데리고 다녔다.

자신의 말을 번역해 줄 사람이 필요했기 때문이다.

당연히 진이나의 입장에서는 상당히 귀찮은 일이었다.

하지만 그렇다고 전율의 부탁을 거절할 수도 없었다. 어스 뱅가드의 고위 간부들도 전율의 한 마디 한 마디에 촉각을 곤두세우고 있는 판에 일개 대원인 그녀가 어찌 전율을 무시할 수 있겠는가?

어떻게든 참고서 전율을 따라다녔다.

한데 어느 날은 전율이 황당한 요구를 해왔다.

"저것들 다 한글 가르쳐."

매번 진이나가 없으면 의사소통을 못 한다는 것이 영 불편한 게 아니었다.

물론 통역을 해주는 진이나가 불편하기로 따진다면 전율보다 훨씬 더했다.

그래도 꾹 참고 있었는데, 갑자기 제 귀찮다고 모든 이능력자들에게 한글을 가르치라니.

얼토당토않은 얘기였다.

아무래도 이러한 심정으로 한글 수업을 하다가는 참았던 화가 터져 어스 뱅가드를 제 발로 박차고 나갈 것 같아, 그녀는 상부에 건의했다.

자동번역기를 만들어달라고.

사실 그것은 이미 2년 전부터 초월고리회 연구진의 누군가가 반장난으로 제작하고 있었다. 적당히 만들어서 적당한 때에 세상에 내놓아 돈이나 벌어보자는 심산이었고, 그 연구진은 초월고리회 한국 지부의 박진완이었다.

진이나의 건의 사항을 듣게 된 박진완은 그날 이후부터 사흘 밤낮을 새우고 식음을 전폐하며 자동번역기를 완성해 내놓았다.

그것은 그야말로 놀랄 노 자였다.

박진완이 자동번역기를 만들어낸 게 대단한 건 아니었다. 허구한 날 먹을 것을 입에 달고 사는 초월고리회 한국 지부 공식 돼지, 식탐 대마왕이 식음을 전폐했다는 것이 사건이었다.

그만큼 진이나의 한마디는 박진완에게 크게 다가왔다.

그는 남몰래 진이나를 마음에 두고 있었던 것이다.

어찌 되었든 그 덕분에 진이나는 전율이 내준 골치 아픈 숙제에서 벗어날 수 있었고, 박진완은 행복해하는 그녀의 모습을 보며 뿌듯해했다.

한 여자를 흠모하는 마음이 발명을 가속화시킨 자동번역기는 이능력자들의 필수품이 되었다.

덕분에 전율도 지금 아주 편안하게 헬렌과 대화를 나눌 수 있는 것이고 말이다.

원체 말수가 적은 전율이었지만, 헬렌에게 만큼은 그러지 않았다.

남이 보면 그가 헬렌을 마음에 두고 있는 게 아니냐 착각할 만큼 그는 헬렌에게 다정했다.

단순히 헬렌이 중요한 인재이기 때문에 특별히 대하는 것만은 아니었다.

전율이 기억하는 과거의 헬렌은 성정이 괴팍하고 제멋대로인 면이 많다고 알고 있었다.

한데 지금의 헬렌은 나이에 비해 훨씬 소녀답고, 아름답고, 여리고, 착한 여인이었다.

마치 한없이 맑고 깨끗한 백설을 보는 것 같은 기분마저 들 정도였다.

이런 여인을 어둡게 만들어 버린 것은 끊임없이 그녀를 괴롭힌 병마 때문이었을 것이다.

어찌 되었든 지금은 그녀가 병마에 시달리기 전이다.

헬렌의 순수함은 그녀와 대화를 나누는 상대에게까지 전염되었다.

그래서 다들 헬렌을 좋아했다.

전율과 그런 대다수의 사람과 다름없을 뿐이었다.

지금은 전율과 헬렌이 독대를 하는 시간이다.

전율은 이틀에 한 번은 이런 식으로 헬렌과 독대를 해왔다. 그리고 독대를 하면 보통 두세 시간씩 대화는 길게 이어졌다. 에르펜시아에서 하루에 한 번 짧게 만남을 가지는 이제린이 알게 되면 질투를 할지도 모를 일이었다.

오늘도 두 시간이 넘게 대화를 이어가던 와중이었다.

헬렌의 얼굴에서 그동안 한 번도 보지 못했던 표정이 나타났다. 그녀는 찻잔을 입에 데려다 말고서 무언가를 느끼려 집중했다.

그러다 그녀의 눈빛이 갑자기 변했다.

고개를 좌우로 기이하게 까딱인 그녀의 눈에서 푸른빛이 일렁였다.

맑은 빛은 이내 속으로 갈무리되었고, 헬렌은 천천히 입을 열었다.

"오고 있어요, 그들이."

"외계 종족이 오고 있다고?"

"네. 이 속도라면 사흘 후… 한국 시간으로 대략 새벽 두 시에서 세 시경에 대기권을 뚫고 들어올 거예요. 대기권을 뚫은 다음에는 삼십 분 이내에 지상에 도착해요."

"도착 예상 지역은?"

헬렌이 두 손으로 관자놀이를 꾹 누르며 깊이 생각에 잠겼다. 그러고는 천천히 고개를 주억거렸다.

"한국. 강원도. …아마 율 님이 계신 곳을 목표로 하는 것 같아요."

"내가 있는 곳?"

"네."

전생에서 외계 종족의 2차 침공은 한국이 아니었다.

그런데 이번에는 1차 침공 때와 마찬가지로 한국을, 정확히는 전율이 머물고 있는 지역을 노리고 있었다.

그것이 말해주는 건 하나밖에 없었다.

적들은 이제 완벽하게 전율 한 명만으로 노리고 있었다.

"외계 종족의 규모는?"

"1만."

"1만?"

"네."

너무 적다.

2차로 지구를 침공하는 녀석들은 1차 침공을 벌인 비앙느보다 조금 더 강한 녀석들이었다.

개체의 힘이 약할수록 숫자로 밀어붙이는 게 당연하다.

때문에 2차 침공을 했던 외계 종족의 수는 3만이 넘었었다.

그런데 1만이라니?

이번 침공은 무언가 틀어져도 크게 틀어져 있었다.

＊　　　　　＊　　　　　＊

넓은 욕조에 핏빛 액체가 가득 차 있었다.

비유 같은 게 아니었다. 말 그대로 피가 담긴 욕조였다.

그 안에 희고 고운 피부의 아름다운 여인이 몸을 담그고 있었다.

하얀 도화지처럼 매끄러운 피부에 피를 발라가며 여흥을 즐기는 여인은 순수한 어둠의 근원, 데모니아였다.

욕조가 놓인 공간은 아무것도 없는 암흑이었다.

주변은 끝 모를 짙은 암흑으로 가득했다.

도무지 어디인지 유추할 수 없는 공간.

그것은 데모니아가 어둠의 힘으로 만들어낸 그녀만의 기이한 장소였다.

신기한 것은 빛 한 점 들어오지 않는데도, 욕조와 그 안에 담긴 피와, 좌욕을 즐기는 데모니아의 모습은 확실하게 보였다.

비릿한 피의 향이 비강을 타고 넘어오는 것이 데모니아를 행복하게 만들었다.

저도 모르게 콧노래까지 불러가며 가끔 핏물을 조금 떠 마시기도 하면서 데모니아는 그 순간을 만끽했다.

그러다 문득 무언가가 생각났는지 고개를 까딱하고는 혼잣말을 중얼거렸다.

"그 녀석들 지구에 도착했으려나? 전율이라는 인간… 그때 확실히 죽여놨어야 했는데. 여흥은 즐겁게 즐겨야 하는 건데… 2, 3, 4 전부 건너뛰게 되니 재미가 반감되잖아."

생각하면 생각할수록 짜증이 일었다.

하지만 어쩔 수 없었다.

전 같았으면 외계 종족이 허무하게 죽든 말든 한 단계 한 단계 차례대로 밟아나갔을 것이다. 하지만 요즘엔 레모니아의 관리하에 있는 모험가들이 계속해서 그녀가 지배한 행성을 침략해 외계 종족을 섬멸했기에 쓸데없는 희생을 줄여야 했다.

"이번 아이들은 전처럼 허무하게 당하진 않을 거야. 고생 좀 하겠네?"

데모니아가 비릿한 웃음을 머금고 찰랑거리는 핏 속에 가라앉더니, 머리끝까지 푹 담그고서 유령처럼 사라졌다.

이내 짙은 암흑은 핏빛 욕조를 집어삼키고, 그곳엔 아무것도 남지 않았다.

*　　　*　　　*

사흘이 지났다.

헬렌이 얘기했던 외계 종족 2차 침공의 날이 다가왔다.

현재 시간은 자정.

전율은 이번에 침략하는 외계 종족들이 전생에서 최소 4차 침공을 해왔던 녀석들의 수준 이상이라 가정했다.

그렇지 않고서야 이토록 소수의 외계 종족을 보낼 리가 없기 때문이다.

물론 이것이 정확한 판단이라 할 수는 없었다.

전율의 생각과는 달리 침공하는 놈들의 수준이 전생의 2차 침공 때 쳐들어왔던 놈들과 비슷한데 요즘 외계 종족의 수가 현저히 적어서 물량 공세를 제대로 때려 박을 수 없는 상황일지도 모른다.

그러나 우주를 제 손바닥 안의 장난감처럼 가지고 노는 데 모니아다.

모르긴 몰라도 그녀가 거느리고 있는 행성은 수없이 많을 것이고, 거기에서 쏟아져 나오는 외계 종족의 수는 상상을 초월할 정도일 터.

그런 외계 종족을 계속해서 이 행성 저 행성으로 동시다발적으로 보내 파괴하거나 식민지화시키고 있을 테니, 물량이 달리지는 않을 것이다.

때문에 전율은 몇 단계를 뛰어넘은 강한 외계 종족이 지구를 침략하러 오는 것이라 판단했다.

그렇기에 전생에서 4차 침공을 해왔을 당시의 외계 종족과 맞서더라도 위험하지 않을 거라 판단되는 어빌리티 맨을 선출해 전장으로 끌고 갔다.

전율에게 선출당한 어빌리티 멘은 총 278명.

그가 택한 전장은 일전에도 격돌을 벌였던 그 숲 속 공터였다.

근처에 민가가 없고 상당히 외진 숲 속이라 피해를 주지 않고 싸우기에는 최적이었다.

어차피 적들은 전율을 노리고 있다.

지금도 전율의 옆에서 딱 붙어 서 있는 헬렌이 적들의 착륙 예상 지역이 전율의 이동 위치에 따라 변하고 있음을 말해주었다.

외계 종족이 지구와 가까워짐에 따라 헬렌도 그들의 기운을 더욱 강하게 느꼈고, 보다 정확한 도착 예정 시간을 알려줄 수 있었다.

"이미 그들은 대기권 근처에 다다랐고 한 시간 후면 도착해요."

그렇다는 건 새벽 한 시쯤 외계 종족과 맞닥뜨린다는 것이다.

애초에 말했던 것보다 예정 시간이 한 시간 정도 앞당겨졌다.

"고마워, 헬렌."

전율이 헬렌의 등을 가볍게 두들겨 주고서 생각에 빠졌다.

이번에 쳐들어오는 외계 종족이 어떤 놈들일지 모르지만, 1차 침공 때 싸웠던 비앙느처럼 멍청하진 않을 것이다.

그들은 맹목적으로 전율만을 죽이려 들었다.

하나 외계 종족은 침공 레벨이 올라가면서 신체 능력이 강해지는 것은 물론 지능도 올라간다.

'어쩌면 나를 목표로 잡고 다가오는 것 자체가 함정은 아닐까?'

그런 만약의 경우를 생각하지 않을 수 없었다.

하지만 문제는 그게 맞다 하더라도 어떻게 대처하느냐 하는 것이다.

전율은 쳐들어오는 외계 종족의 정체도 모른다.

그렇다 보니 그들의 공격 방식 역시 알 수가 없다.

적을 알아야 작전과 대비책을 세울 텐데, 그걸 모르니 인가가 없는 곳에서 기다리는 것 말고는 할 수 있는 게 없었다.

게다가 이 전쟁은 비밀리에 이루어졌다.

괜히 군부대가 투입되어 봤자 아까운 목숨만 희생될 뿐이다.

어스 뱅가드 측은 군부대에겐 전투가 이루어지는 강원도 일대에 비상대기를 하고 있으라 명을 내릴 뿐이었다.

물론 그 명령은 어스 뱅가드를 통해 군부대로 직접 흘러들어 가진 않았다.

여러 번 경로를 이리저리 돌아서 들어갔다.

군부대의 요직에 있는 이들도 어스 뱅가드가 뭔지 모른다.

그러니 그들이 알 만한 권력자가 명령을 내리게끔 만들어야 했다. 어차피 그 정도의 일은 어스 뱅가드에게 손바닥 뒤집는 것만큼이나 쉬웠다.

강원도의 불쌍한 군인들은 무슨 상황이 벌어진 것인지도 모른 채, 비상대기 체제에 들어가 뜬눈으로 밤을 지새우게 되었다.

시간은 계속해서 흘렀고, 드디어 전율의 시야에 어둠을 뚫고 빠르게 내려오는 거대한 운석 십여 개가 보였다.

'이번에도 이런 식으로 쳐들어오는군.'

아직 헬렌이 예상한 외계 종족의 도착 시간은 삼십 분이나 남아 있었다.

그리고 저 운석은 외계 종족을 태우고 있는 UFO 같은 게 아니었다.

저것은 차원의 문을 여는 운석들이었다.

외계 종족 중 몇몇은 저 차원의 문을 통해 지구를 침략하곤 했다.

이번 외계 종족도 그런 타입이었다.

"아직 외계 종족들은 더 먼 곳에 있어요. 저 운석들은 외계 종족이 아니에요. 이게 전율 님이 말했던 또 다른 침략 방식인가요?"

헬렌이 전율에게 말했다.

"그래, 맞아. 이런 경우엔 헬렌의 예상보다 침략 시간이 앞당겨지지."

전율이 자동번역기를 착용한 채 그의 뒤에 시립해 있는 278명의 어빌리티 멘을 돌아봤다.

"다들 잘 들으세요. 이제 곧 운석이 폭발하며 차원의 문을 만들어낼 테고, 그 안에서 외계 종족이 쏟아져 나올 겁니다."

그 말에 어빌리티 멘들은 긴장한 기색이 역력했다.

하지만 어빌리티 멘을 가르치는 11명의 사범들은 조금도 흔들리지 않았다.

이미 그들은 혼자서도 마스터 콜의 최상층을 무리 없이 클리어하는 수준에 올랐다.

게다가 이미 외계 종족과 전투를 벌인 경험이 있었기에 그 정도의 변수는 사범들의 마음에 아무런 파문도 일으키지 못했다.

그러나 외계 종족과의 전쟁을 처음으로 겪어야 하는 어빌리티 멘들은 긴장할 수밖에 없었다.

물론 모두 다 그런 건 아니었다.

몇몇 어빌리티 멘은 호기롭게 외계 종족이 나타나기만을 기다렸다.

그중 가장 호전적인 기운을 내뿜는 이는 댄젤 존스였다.

굳게 말아 쥔 그의 두 주먹엔 보랏빛의 오러가 짙은 빛을 발하고 있었다.

될성부른 나무는 떡잎부터 다르다고 했다.

댄젤 존스는 사범을 제외한 나머지 어빌리티 멘 중 가장 빠른 성장을 이룩해 이미 오러 마스터의 경지에 다다랐으며, 강단이 좋은 데다 상당히 대담했다.

수많은 사람 사이에 서 있어도 유독 눈에 띄는 그였다.

전율은 이번 전투에서 그의 활약을 기대하며 떨어지는 운석으로 시선을 돌렸다.

"이것이 제가 말했던 두 번째 침략 루트입니다. 다들 겁먹지 마십시오. 저와 사범들이 여러분을 지켜줄 겁니다. 여러분은 자신의 능력을 최대한 발휘해서 외계 종족의 머릿수를 하나라도 더 줄이는 데 주력하십시오."

전율의 말이 끝나는 순간.

퍼엉! 펑! 콰앙!

운석들이 터져 나가고 허공이 뒤틀어지며 검은 공간이 입을 쩍 벌렸다.

차원의 문이 열린 것이다.

차원의 문은 하나하나 그 크기가 어마어마하게 컸다.

그 안에서 외계 종족들이 우르르 몰려나오기 시작했다.

전율은 그들의 모습을 유심히 살폈다.

도마뱀과 비슷한 생김새에 등엔 거대한 날개가 달렸고, 안킬로사우르스르처럼 꼬리 끝엔 묵직한 해머가 달려 있었다. 피부는 타오르는 붉은색이었으며 덩치는 개체 하나하나가 족히 3미터는 넘었다.

'한 번도 본 적 없는 놈들이야.'

전율의 기억 속에 저런 외계 종족은 존재치 않았다.

데모니아가 2차 침공으로 지구에 보낸 놈들은 본래 5차 침공 레벨의 외계 종족으로 그 이름은 '아크만'이라고 한다.

어찌 되었든 무식하게 큰 녀석들을 토해내려니 차원의 문 또한 어마어마한 크기를 자랑할 수밖에 없었을 터.

눈 깜짝할 새 아크만 무리는 수천이 넘는 수가 차원의 문을 통해 튀어나와 밤하늘을 붉게 물들였다.

전율은 놈들에게 총공격 명령을 내리려 했다.

한데 그때였다.

"구오오오오오오오!"

다른 아크만들보다 덩치가 두 배는 더 큰 아크만이 입을 쩍 벌리고 매섭게 포효했다.

순간 아크만들이 일시에 입을 쩍 벌렸다.

날카로운 이빨들이 불규칙하게 늘어선 입안에서 붉은 구슬 수십 개가 튀어나와 사방으로 빠르게 날아갔다.

마리당 수십 개를 토해냈으니, 총 수십만 개의 붉은 구슬이 날아간 것이다.

개중 삼분의 일 정도는 전율 일행을 향해 내리꽂혔다.

아크만을 처음 보는 전율은 저 붉은 구슬이 어떠한 위력을 가지고 있는지 알 수 없었다.

급한 대로 장도민이 배리어를 펼쳤다.

강력한 에너지장이 나타나 어빌리티 멘 전원을 보호했다.

운석처럼 떨어져 내리던 붉은 구슬들이 배리어에 충돌했다.

퍼퍼퍼퍼퍽!

그리고.

콰아앙! 쾅! 우르릉!

무서운 폭발을 일으켰다.

하늘이 울리고 대지가 진동했다.

이어, 엄청난 충격파가 배리어를 넘어 어빌리티 멘이 보호받고 있는 곳의 대기를 격동시켰다.

퍼퍼퍼펑!

"크윽!"

"꺅!"

몸을 두들기는 충격파에 놀란 어빌리티 멘 몇몇이 고함을 질렀다.

하지만 커다란 충격은 없었다.

전율은 그 순간에도 두 눈을 똑바로 뜨고 상황을 관찰했다.

그 결과 붉은 구슬 하나의 파괴력이 예상했던 것보다 훨씬 강력함을 알게 되었다.

장도민의 배리어는 계속해서 발전해 왔고, 지금에 와서는 그 무엇으로도 뚫을 수 없는 철옹성과 같았다.

물론 붉은 구슬의 화염이 배리어를 뚫고 들어온 건 아니다.

배리에 자체에는 작은 금 하나가 가지 않았다.

하나, 그 충격파가 안으로 전해질 정도였다.

폭발할 때의 위력이 무시무시하다는 얘기다.

배리어의 주변은 온통 화염으로 불타오르고 있었다.

설열음이 사위를 슥 훑더니 양손을 옆으로 쫙 뻗고 외쳤다.

"아이스 필드."

그녀의 입에서 시전어가 흘러나오자, 주변의 땅덩어리 전체가 얼음 바닥으로 변하며 타오르던 불꽃이 일시에 진압되었다.

그 놀라운 광경에 어빌리티 멘들은 감탄을 내뱉었다.

화염이 걷히고 나자, 비로소 시야가 확보되었다.

어빌리티 멘들의 시선은 일제히 하늘로 향했다.

잠깐 사이 빠르게 하강한 아크만들이 하나둘 대지에 발을 내리고 있었다.

전율은 이를 꽉 깨물었다.

빠드득!

그의 몸에서 매서운 투기가 흘러나왔다.

이를 느낀 어빌리티 멘들이 한 번에 얼어붙었다.

지금껏 그들은 단 한 번도 자신들을 가르치는 리더에게서 이러한 투기를 느껴본 적이 없었다.

전율이 지금 이렇게 화를 내는 이유는.

콰앙! 펑! 퍼어엉! 콰르릉!

지금 강원도 전역에 퍼져 나가 무작위로 땅덩어리를 두들기고 있는 붉은 구슬 때문이다.

붉은 구슬이 떨어진 자리엔 매서운 폭음이 터졌고, 여지없이 불길이 치솟았다.

그 구슬이 전율의 집에 떨어지지 않았으리란 보장은 없었다. 그 집엔 지금 가족들이 아무것도 모른 채 곤히 잠들어 있었을 터.

만약 그런 일이 벌어지고 말았다면……!

불길한 생각이 들수록 점점 더 전율의 피가 거꾸로 치솟았다.

아울러 자신의 안일함에 화가 났다.

아무리 쳐들어오는 외계 종족에 대해서 모른다고 하더라도 더더욱 만반의 준비를 갖추어야 했다.

외계 종족의 모든 공격에 대한 시뮬레이션을 해보고, 방책을 마련해야 했다.

이런 경우의 수도 그려봐야 했다.

말도 안 된다고?

자신 역시 그렇게 생각했다.

하지만 전율에겐 가족을 잃어버리는 게 더욱 말도 안 되는 일이다.

예상할 수 있는 모든 것을 예상해야 했고, 예상할 수 없는 것도 억지로 만들어내서 최악의 수에 대비해야 했다.

쿵! 쿠웅! 쿵!

아크만들이 계속해서 대지에 내려앉았다.

대부분의 아크만들이 대지에 내려서서 배리어 안에 모여 있는 어빌리티 멘들을 노려보았다.

그들의 입에서는 더 이상 붉은 구슬이 쏘아져 나오지 않았다.

그것은 무한정 생산해 낼 수 있는 게 아니었다.

그들은 하루에 다섯 개 정도가 만들 수 있으며, 지구를 침략하기 위해 며칠간 만들어놓았던 붉은 구슬을 일시에 토해낸 것이다.

아크만 무리의 선두에는 덩치가 두 배나 큰 우두머리 아크만이 서 있었다.

녀석이 다시 한 번 입을 크게 벌리고 포효하려 했다.

공격 명령을 내리려는 것이다.

그때 전율의 앞으로 한 발을 내디뎠고, 장도민은 그가 나갈 수 있을 만큼의 공간을 열어주었다.

순간 전율의 모습이 사라졌다.

이어.

퍽!

우두머리 아크만의 대가리가 수박 터지듯 터져 나갔다. 약간의 시간 차를 두고.

퍼퍼퍽!

몸뚱이도 터져 다진 고깃덩이가 되어 바닥에 축 늘어졌다.

다른 아크만들이 눈을 휘둥그레 뜨고 이해할 수 없는 이 광경을 보며 고개를 갸웃거렸다.

조금 전까지 그들의 우두머리가 서 있던 자리엔 전율이 야차 같은 얼굴을 하고서 아크만들을 노려보고 있었다.

＊　　　　＊　　　　＊

"제이크!"

전율의 부름에 흑인 남성이 날렵하게 다가왔다.

"헬렌과 기지로 복귀하세요."

"네."

제이크가 헬렌에게 손을 내밀자, 그녀가 맞잡았다.

다음 순간 두 사람의 모습이 흐릿해지더니 잔상을 남기고 사라졌다.

제이크의 능력은 텔레포트였다.

그 외에 다른 능력은 없었다.

중요한 건 그와 접촉을 한 사람까지 동시에 텔레포트시키는 것이 가능하다는 점이었다.

해서 전율은 그를 헬렌과 팀을 이루게 했다.

헬렌의 역할은 전율의 곁에서 외계 종족의 착륙 지점을 예상해 주는 것이고, 제이크의 역할은 헬렌의 임무가 끝나면 기지로 복귀시키는 것이다.

사실 헬렌은 애초에 기지에서도 외계 종족의 침공 위치와 시간을 대략적으로 파악할 수 있었다. 하지만 더 세밀한 판단을 위해서는 외계 종족과 가까운 위치에 있어야 했다.

전율은 굳이 그렇게까지 할 필요는 없다 일렀으나, 헬렌은 조금이라도 더 도움이 된다면 그렇게 하고 싶다며 애원했다.

결국 전율은 그녀의 안전을 위해 제이크를 붙여준 것이다.

헬렌과 제이크는 이제 각자의 맡은 임무를 끝냈다.

나머지는 전장에 남은 어빌리티 멘들의 몫이다.

아크만들은 순식간에 우두머리를 잃자 한동안 패닉에 빠졌다.

작전을 지시해야 할 존재가 초반부터 사라져 버리니 당연한 반응이었다.

하지만 그래서는 안 됐다.

그 약간의 혼란으로 인해서 그들은.

"벽력멸!"

번쩍! 번쩍! 번쩍! 콰아앙! 콰르르르룽! 우르룽!

"구오오오오!"

"구오아아아!"

오분의 일에 달하는 병력을 모두 잃고 말았다.

"방금… 뭐야?"

"리, 리더가 강한 줄은 알고 있었지만 이 정도일 줄은……."

벽력멸은 전율이 구사할 수 있는 전격 마법 중에서도 가장 강력한 광범위 마법이다.

눈 깜짝할 새 하늘에서 내리꽂힌 수십 다발의 번개는 얻어맞은 아크만들의 몸을 산산조각 내 태워 버렸다.

그 충격파는 대지를 흔들고 주변에 있던 아크만드의 사지를 터뜨렸다.

드드드드드.

아직까지도 벽력멸의 여파가 남아 대지에 미미한 진동이 일었다.

어빌리티 맨들은 하나같이 먹먹한 귀를 만지며 미간을 찌푸렸다.

"전원 공격."

전율의 명이 떨어지자 열한 명의 사범이 어빌리티 맨들에게 수신호를 보내며 소리쳤다.

"전원 공격! 평소 연습하던 대로 사범들의 지시에 따라 작전에 임할 것!"

"라져!"

어빌리티 멘들의 우렁찬 대답과 함께 본격적인 전쟁이 벌어졌다.

"소환, 팔미호, 디오란, 청룡, 백호, 주작, 현무, 해태, 봉황, 기린, 그리고 황룡."

전율의 부름에 열 마리의 소환수가 일제히 튀어나왔다.

어빌리티 멘들은 이미 그들의 모습을 본 적 있기에 놀라지 않았다.

아크만 무리를 향해 진격하는 열 마리의 신수와 278명의 어빌리티 멘들의 기세는 어마어마했다.

아크만들은 강렬한 기운을 피부로 느끼고서 정신을 차렸다.

우두머리를 잃은 충격은 벽력멸이 수많은 동료들의 목숨을 앗아 가면서 털어버렸다.

작전을 지휘하는 자가 없다면, 개싸움이라도 벌여야 한다.

"구오오오오오오오!"

"구오오오!"

아크만들이 시끄럽게 울부짖으며 붉은 액체를 쏘아댔다.

그것은 바위도 쉽게 녹여 버리는 고열의 용암이었다.

"까부네. 배리어."

장도민이 광범위 배리어를 형성해 모든 어빌리티 멘들을 보호했다.

치이익! 칙!

용암은 배리어를 뚫지 못하고 표면을 따라 주르륵 흘러내릴 뿐이었다.

장도민의 배리어는 한층 업그레이드되어 외부의 공격은 단절시키는 반면, 내부의 어빌리티 멘들이 적을 향해 쏘아 보내는 공격들은 전부 투과할 수 있게 되었다.

"메이지 유닛! 사이킥 유닛은 적을 타격하세요!"

김기혜의 명령이 떨어졌다.

어빌리티 멘들은 그들이 각성한 능력의 종류에 따라 메이지 유닛, 사이킥 유닛, 파이터 유닛으로 나뉜다.

메이지 유닛은 마법을 사용하는 자들이고, 사이킥 유닛은 초능력과 정신력 계열의 힘을, 파이터 유닛은 육체 강화 계열의 힘을 사용하는 자들이다.

메이지 유닛과 사이킥 유닛이 일제히 힘을 발휘했다.

그들의 손이 아크만들을 향해 뻗어짐에 따라 불덩이와 얼음의 창이 날아들었다.

화르르륵!

콰콰쾅!

"구오오오오오!"

어빌리티 멘들의 공격은 아크만에게 어느 정도 먹혀들었다.

하지만 그들의 힘으로는 아직 자잘한 상처만 줄 뿐, 결정타를 먹이기는 힘들었다.

이런 식의 공격은 아크만의 화만 돋울 뿐이었다.

전율 역시 그걸 알고 있었다.

사실 이 정도의 수준이라면 전율과 열한 명의 사범들만으로도 쉽게 정리하는 게 가능했다.

그럼에도 가장 강한 멤버들이 나서지 않고 어빌리티 멘들에게 공격 명령을 내린 것은, 그들에게 전장을 체험하게 하기 위함이었다.

물론 어빌리티 멘들도 마스터 콜의 전장을 충분히 겪어봤다.

그러나 마스터 콜이라는 전제가 붙어버리니, 아무래도 현실감각이 떨어지는 건 어쩔 수 없었다.

하지만 그들이 살고 있는 땅덩어리에 실제로 외계 종족이 침입을 했고, 그들을 막기 위한 전장에 나가게 되면, 비로소 이모든 것이 진절머리 나도록 생생한 현실임을 인식하게 된다.

그때부터 더더욱 어빌리티 멘들의 자세는 진지해질 것이다.

다른 사범들도 그러했으니 말이다.

"구오오오오오!"

아크만들이 갈수록 더 날뛰기 시작했다.

녀석들은 배리어 안에 모여 있는 어빌리티 멘들을 빙 둘러싸 짓밟고 핥고 때리고 용암을 쏟아부었다.

하지만 그 무엇도 배리어를 뚫을 순 없었다.

어빌리티 멘들은 아크만들의 공격이 닿지 않는다는 걸 알면서도 그들의 광포한 모습에 수시로 움찔거렸다.

그러면서도 계속해서 공격을 퍼부었다.

마른하늘에 번개가 떨어지고 칼바람으로 이루어진 태풍이일었다.

아무 이유 없이 멀쩡한 공간에 폭발이 일어나 터져 나가는

가 하면, 바닥에서 돌창이 솟구쳐 오르고 불기둥이 치솟았다.

아크만들은 그런 어빌리티 맨의 공격은 우습게 여기고 무시했다.

맞으면 맞는 대로 황소처럼 배리어만 두들겨 댔다.

하나, 가랑비에 옷이 젖는 법이다.

어빌리티 맨들의 집요한 포화 속에 드디어 하나둘, 아크만들이 죽어나가고 있었다.

그 무렵, 다른 아크만 무리는 소환수를 상대로 고전을 면치 못했다.

소환수들의 공격은 어빌리티 맨들과는 차원이 달랐다.

그들은 허공에서 아무것도 하지 않았다.

그저 흉흉한 기세로 아크만을 쏘아볼 뿐이었다.

한데 매서운 기운들이 아크만을 휘몰아쳤다.

아크만의 주변에 존재하는 땅, 불, 바람, 물, 그 모든 것이 적이었다.

전후좌우는 물론이며, 하늘과 땅에서도 소환수들의 매서운 공격이 쉼 없이 날아들었다.

번개가 정수리를 때리고, 바다는 불바다가 되었다.

바람의 칼날이 숨 한 번 내쉴 때마다 살을 잘랐고, 거대한 파도가 그들을 휩쓸었다.

어느 것 하나 아크만을 가만히 놔두지 않았다.

"호호호호! 이거 정말 신나는데? 너무 맛있잖아, 너희들!"

팔미호는 인형처럼 픽픽 쓰러져 나가는 아크만들의 생기를 흡수하며 신이 났다.

그녀의 몸에 생기가 빠르게 차오르기 시작했다.

"구미호도 얼마 안 남았어!"

그동안 전율이 마스터 콜을 돌 때마다 외계 종족의 시체에서 생기를 열심히 흡수해 온 팔미호였다.

구미호가 되는 것이 그녀의 목표이자 꿈이었는데, 이제 그 고지가 눈앞에 보이는 듯했다.

"구오오오오!"

아크만들의 몸 주변엔 위스프들이 가득 둘러싸 번개를 쏘아보내고 있었다.

전부 디오란의 자식들이었다.

아크만은 팔미호와 디오란, 그리고 신수들의 공격에 속수무책으로 당했다.

제대로 된 반격 한번 해볼 여유가 없었다.

방어를 하기만도 급급했다.

전율은 전장의 위에서 두 진영이 상황을 살폈다.

그는 어떠한 마법 도구도 없이 허공에 둥둥 떠 있었다.

마스터 콜을 돌면서 얻게 된 링으로 공중부양 마법서를 사서 습득했기에 이런 일이 가능해진 것이다.

뿐만 아니라 그는 아티팩트를 하나 더 얻었다.

그것은 투구였는데, S-등급으로 눈 이외의 얼굴 전체를 감싸 안는 형태로 이마에는 똬리를 튼 용의 형상이 양각되어 있었고 짙은 묵색인 것이 마갑 데이드릭과 상당히 잘 어울렸다.

투구의 이름은 링시아.

투구를 만든 대장장이의 이름을 따왔는데 그 대장장이는 상당히 아름다운 외모를 가진 여인이었다.

링시아의 능력은 착용자의 모든 능력을 영구적으로 5% 강화해 주는 것이었다.

링시아를 얻음으로써 전율은 데이드릭 세트 세 개를 얻었다.

현재 전율이 그동안 쌓아온 오러, 마나, 스피릿의 능력치와 추가로 길들인 소환수들, 그리고 데이드릭 세트로 인해 얻게 된 현재의 능력치는 이러했다.

〈전율 님의 능력치〉

[오러]

랭크 : 12

성장도 : 89%

색 : 보라색

사용 가능 기술 : 오러 피스트(Aura Fist), 오러 애로우(Aura Arrow), 오러 피스톨(Aura Pistol), 오러 버서커(Aura Berserker), 오러 플라즈마(Aura Plasma)

[마나]

랭크 : 12

성장도 : 28%

사용 가능 기술 : 뇌섬(雷殲), 속박뢰(束縛雷), 뇌암(雷暗), 뇌호(雷護), 뇌전(雷電)의 창(槍), 뇌창(雷猖), 폭뢰(爆雷), 지뢰(地雷), 뇌격(雷隔), 뇌신(雷神), 벽력멸(霹靂滅)

[스피릿]
랭크 : 10
성장도 : 38%
사용 가능 기술 : 위압(危壓), 호의(好意), 지배(支配), 최면(催眠), 신안(神眼)
테이밍 가능한 생명체의 수 : 12/21
테이밍된 생명체 : 초백한, 칠미호, 디오란, 환, 청룡, 백호, 주작, 현무, 해태, 봉황, 기린, 황룡

[착용 중인 아이템]
ㅡ마갑 데이드릭〈귀속〉: S급 아티팩트. 궁국의 형태.
ㅡ마검 이슈반〈귀속〉: A+급 아티팩트. 궁극의 형태.
ㅡ투구 링시아〈귀속〉:Sㅡ급 아티팩트.
*데이드릭 세트 효과 발동. 힘, 민첩성 15% 강화.

이 상태창 표기에서 놓치지 말아야 할 건, 데이드릭 세트 효과 발동에 대한 능력치 외에, 착용 중인 아이템 개별의 능력 증폭치는 표기되지 않았다는 것이다.

그 아이템들은 착용해야 비로소 착용자의 능력치를 대폭 증

폭시켜 주기 때문이다.

전율은 지금 아이템을 착용하지 않아도 괴물 같은 파괴력을 자랑한다.

한데 아이템을 모두 착용한다면?

아크만 무리 정도는 식후 운동거리도 되지 않을 것이다.

그렇다 보니 전율에게는 지금의 전쟁이 크게 긴장감 없이 다가왔다.

하지만 마음이 편한 것은 아니었다.

그는 계속해서 분노를 필사적으로 삭이고 있었다.

머릿속 한켠에서는 아크만들이 강원도 전역으로 쏘아 보낸 처음의 그 공격이 계속해서 떠올랐다.

그것은 특별히 어딘가를 노린 게 아니었다.

아무 곳이나 무작위로 탄환을 쏘아 보낸 것이고, 그 탄환이 작렬한 지역은 지금도 붉은 불길이 치솟고 있었다.

그 탄환 중 하나가 전율의 집으로 떨어지지 말라는 법이 없었다.

'제발 아니기를.'

전율은 마음속으로 간절히 빌고 또 빌었다.

그러는 사이 아크만들은 빠르게 정리되어 이제 그 수가 수백 마리밖에 남지 않았다.

대부분은 소환수들에게 죽임을 당했고, 어빌리티 멘들에게 죽어나간 수는 그다지 많지 않았다.

참아왔던 전율의 분노가 남아 있는 아크만들에게로 향했다.

"오러 플라즈마."

허공에 부유해 있던 그의 입에서 나직한 음성이 흘러나왔다.

그의 몸이 빠르게 하강하며 주먹에 맺힌 보랏빛 오러가 아크만 무리의 중앙에 작렬했다.

콰아아아앙!

귀청을 찢는 소리와 함께 오러 플라즈마가 남은 아크만 무리를 잡아먹었다.

그것은 마치 블랙홀처럼 모든 아크만들을 끌어당겨 분쇄하고 잘게 갈아 그 존재조차 지워 버렸다.

이윽고.

스르르르르.

언제 그랬냐는 듯 오러의 에너지 덩어리는 사라졌고, 아크만 무리도 함께 종적을 감췄다.

아크만들이 사라진 자리에는 전율만이 오롯이 서 있었다.

Chapter 66.
파안(破顔)의 마녀

"괴물이잖아."

어스 뱅가드의 한국 지부 사령실.

대형 스크린에서 흘러나오는 영상을 보며 마스터 성이 중얼거렸다.

다른 요원들도 마스터 성과 같은 생각이었다.

그들이 두 눈으로 똑똑히 본 전율의 무위는 예상했던 수준을 훨씬 웃돌고 있었다.

전율이 보통내기가 아니라는 것, 감히 어스 뱅가드 전체가 함부로 휘두를 수 없을 만큼 강인한 인간이라는 것을 익히 알고 있었다.

하지만 설마 이 정도일 줄은 몰랐다.

그는 외계 종족들을 너무 쉽게 격파해 버렸다.

그것도 전력을 다한 것은 아니었다.

자기가 키우고 있는 어빌리티 멘들에게 실전 경험을 쌓아주기 위해서 적당히 손속에 사정을 두고 있었다.

처음부터 전력을 다해 싸웠다면 더욱 빨리 외계 종족들을 전멸시킬 수 있었을 것이다.

"짜증 나게 강하네."

진유성이 중얼거렸다.

저런 인간을 대체 어떻게 길들여야 할지 감도 잡히질 않았다. 아니, 어쩌면 그는 이미 어스 뱅가드가 길들일 수 없는 인간일지도 몰랐다.

사령실의 요원들은 전부 충격에 빠져 모니터에서 시선을 떼지 못했다.

황량해진 공터엔 아크만들의 시체가 너저분하게 늘어져 있었다.

그때, 갑작스레 화면이 전환되더니 익숙한 얼굴이 나타났다. 리더 케인이었다.

요원들이 당황해서 눈을 꿈뻑대다가 한 템포 늦게 고개를 숙였다.

"안녕하십니까, 리더 케인."

마스터 성이 인사를 건넸다.

─다들 귀신이라도 본 것 같은 얼굴이군.

"더한 것을 봤죠."

―내 얼굴을 보고 그리 말하는 건 아닐 테지?

"왜 아니겠습니까."

―여전히 짓궂구만.

마스터 성과 리더 케인은 한참 정신이 없는 와중에서도 평소처럼 농을 던졌다.

참 강단이 대단한 사람들이었다.

몇 번이 농이 오가고 난 뒤, 마스터 성이 본론을 꺼냈다.

"어떻게 생각하십니까?"

―글쎄… 뭐라고 해야 할까. 아니, 사실 할 말이 없네. 그게 내 솔직한 심정일세.

초월고리회의 수장으로 앉아 있으면서 온갖 풍파를 맞으며 다 이겨냈던 리더 케인조차, 지금은 말문이 턱 막히고 머릿속이 멍해졌다.

강해도 적당히 강해야지 이렇게 압도적으로 강해 버리니 어처구니가 없었다. 혹, 자신이 꿈을 꾸고 있는 건 아닌지 의심까지 했었다. 하지만 이것은 꿈 같은 게 아니었다. 지독한 현실이었다.

―자네는 어떻게 생각하는가?

"저 역시 할 말이 없습니다."

―앞으로 그를 감당할 수 있겠나?

"리더 케인이라면 그럴 수 있겠습니까?"

리더 케인의 고개가 좌우로 움직였다.

―자신 없군.

"마찬가지입니다."

―하지만 그는 이제 우리에게 없어서는 안 되는 존재일세.

"그렇지요."

전율은 수백의 어빌리티 멘을 키워냈다. 그리고 어빌리티 멘들은 어스 뱅가드의 요원들보다 전율의 명을 우선시했다.

만약 어스 뱅가드에서 전율을 버린다면, 어빌리티 멘들까지 버리는 꼴이 되고 마는 것이다.

그것은 어스 뱅가드의 전력을 대폭 약화시키는 한편, 호시탐탐 도약할 틈만 노리는 다른 음지의 세력에게 절호의 기회가 된다.

소속이 사라진 전율과 어빌리티 멘들은 다른 세력들이 어떠한 조건을 내걸고서라도 데려가려 할 게 뻔했다.

이제는 전율과 어빌리티 멘을 품고 있는 세력이 지구 최강의 세력이 된다 헤도 괴언이 아니었다.

그런 만큼 어스 뱅가드에서는 더더욱 전율을 놓아줄 수가 없었다.

하지만 어스 뱅가드의 중책을 담당하는 이들은 누군가에게 끌려다니는 것을 극도로 싫어하는 성향의 이들이었다.

때문에 전율은 어스 뱅가드의 입장에서 불편함을 감수하면서 억지로 안고 가야 할 숙제 같은 인물이다.

―일단은 계속 지켜보도록 하지. 늘 그랬듯 우리는 답을 찾아낼 수 있을 걸세.

"네. 그렇게 될 겁니다."

―다들 고생하게.

모니터에서 리더 케인의 모습이 사라지고 다시 전장이 나타났다.

한데 그 자리에 이미 전율과 어빌리티 멘의 모습은 사라지고 없었다.

물론 외계 종족의 시체에서 흘러나온 마나 하트도 전부 수거해 간 뒤였다.

"우리는 시체 처리나 하라 이거야?"

서지율의 고운 아미가 살짝 찌푸려졌다.

*   *   *

전투가 끝난 뒤, 전율은 사범들에게 어빌리티 멘과 숙소로 돌아가 있으라 명했다.

그리고 자신은 당장 집으로 텔레포트했다.

집 앞마당에 나타난 전율은 다행스럽게도 멀쩡한 저택을 보고 안도의 한숨을 내쉬었다.

전율의 집은 아크만의 무차별 폭격을 피해 갔다.

하지만 아직 안심할 수 있는 건 아니었다.

멀지 않은 지역 여러 곳에서 큰 불길이 솟구치고 있었다.

소방차와 구급차가 계속 사이렌을 울리며 바쁘게 달렸다.

강원도 전 지역에 갑작스런 폭격으로 난리가 난 것이고, 전율이 사는 곳도 예외는 아니었다.

한참 단잠에 빠져 있던 전율의 가족도 이미 지축을 울리는 폭격음에 깨어난 지 오래였다.

잠들었던 도시가 전부 눈을 떴고, 텔레비전에서는 이 새벽에 뉴스 특보가 흘러나오는 중이었다.

인터넷에서도 강원도에 가해진 의문의 폭격에 대한 기사들이 우후죽순 올라왔다.

전율의 가족도 거실에 모여 앉아 온 신경을 곤두세운 채 뉴스 특보를 시청 중이었다.

그러다 전율이 들어서니 일제히 흡뜬 눈으로 그를 바라봤다.

"오빠! 무사했었어? 잘못된 줄 알고 엄청 걱정했잖아! 전화는 왜 안 받아!"

전율의 가족들은 그가 친구들과 여행을 간 것으로 알고 있었다.

가족들에게 외계 종족으로부터 지구를 구하러 간다고 솔직하게 말할 수 없었기에 둘러댄 것이다.

그런데 전율이 떠난 날 새벽에 강원도 전역으로 무서운 폭격이 일었으니 가족들은 당연히 그가 걱정될 수밖에 없었다.

"전화 했었어?"

전율이 머쓱해져서 스마트폰을 꺼내 들었다.

무음으로 되어 있었다.

전쟁을 하는데, 스마트폰에서 벨이 울리면 집중력이 흐트러지는 건 당연지사요, 어빌리티 멘들의 사기까지 떨어질지도 모를 일이다.

해서 무음으로 해놨는데, 그 때문에 가족들의 전화를 받지 못했고 본의 아니게 걱정을 시키고 말았다.

"다들 얼마나 걱정했는지 아니, 율아?"

"죄송해요, 엄마. 문자도 보냈었어요?"

스마트폰 액정 상단에 문자가 와 있음을 알려주는 아이콘이 떠 있었다.

"아니, 문자 할 정신이 어디 있니, 계속 전화만 했지."

전장에 들어가기 전 무심코 스마트폰을 봤을 땐, 와 있는 문자가 없었다.

전율의 스마트폰 번호를 아는 사람은 용식이파 사람들을 제외하면 가족들과 지우 정도밖에 없었다.

그 흔한 스팸 문자도 잘 오지 않았다.

아무튼 가족들이 보낸 문자가 아니라니 당장 확인할 필요는 없었다.

그런데 어쩐 일인지 전율은 그 문자를 확인하고 싶었다.

그의 투박한 손이 액정을 터치해 문자 탭으로 들어갔다. 한데 문자를 보낸 이가 다름 아닌 지우였다.

'무슨 일이지?'

몇 달 전, 전율이 지우의 마음을 거절한 이후로 그녀에게서는 단 한 번도 연락이 오지 않았다.

전율은 문자의 내용을 확인했다.

한데 내용이 조금 이상했다.

―율아. 나 도와ㅈ

문자는 거기서 끝이었다.

무언가를 적으려다가 만 듯한 느낌이었다.

순간 전율의 머릿속에 번개가 내리쳤다.

'설마!'

전율이 당장 지우에게 전화를 걸었다.

연결음이 이어지는데 지우는 도통 전화를 받지 않았다. 그때 마침 텔레비전에서 폭격을 받은 강원도의 지역들을 나열하고 있었다. 그중 지우의 동네도 있었다.

"저 잠깐 나갔다 올게요."

전율의 다급한 말에 가족들의 눈이 휘둥그레졌다.

"이 난리 통에 어딜 간다고 그러냐."

전대국이 전율을 말렸다.

"아무래도 지우한테 일이 생긴 것 같아요."

"지우한테?"

"네. 폭격받은 지역 중에 지우네 동네도 있어요. 제가 가봐야겠어요."

"율아. 지우네 가족이 다쳤다고 해도 그건 구조대원들이 해결해야 하는 문제지, 네가 낄 건 아닌 것 같아. 지우네 가족한테는 미안한 얘기지만 그러다 너까지 다치면 어쩌려고?"

하율이 조심스레 전율을 달랬다.

"맞아, 오빠! 언니 말 들어."

소율도 하율을 거들었다.

이유선은 입을 굳게 다물고서 걱정스런 시선만 보냈다.

아무래도 가족들은 전율을 쉽게 놔줄 분위기가 아니었다. 그는 어쩔 수 없이 최면의 힘을 사용해 가족들을 모두 재웠다. 그리고 바로 지우의 동네로 텔레포트했다.

*   *   *

지우가 사는 아파트는 난리가 나 있었다.

아파트 단지 내에 아크만의 탄환이 떨어진 건지 세 개 동 건물이 완전히 무너져 내렸고, 그 근처의 건물들도 금이 가고 일부가 부서져 있었다.

지우의 아파트는 간접적인 피해를 받은 건물 중 하나였다.

한데 하필이면 지우네 가족이 사는 집에 가장 많은 타격이 갔다.

건물 외벽과 난간이 완전히 날아갔고, 철문은 찌그러져 경첩에 애처롭게 매달려 삐그덕거렸으며, 내부 역시 온갖 가구와 전자제품들이 망가져 엉망이었다.

이미 집이라고 볼 수 없을 만큼 폐허가 되어버린 그 공간 속에 지우는 피투성이가 된 몰골로 냉장고에 깔려 있었다.

불행 중 다행인지 그녀의 가족들은 전부 친가에 내려간 와중이었다.

근 며칠 심하게 몸살이 걸려 컨디션이 좋지 않았던 지우만 집에 남아 있던 터였다.

그러다 봉변을 당한 것이다.

콰쾅! 하는 폭격음과 함께 지진이 인 듯 건물이 흔들렸고, 강렬한 충격파가 지우를 덮쳤다.

아무 생각 없이 거실에 앉아 스마트폰을 만지작거리던 지우는 아찔한 고통에 정신을 잃었다.

다시 눈을 떴을 땐 냉장고에 깔려 있었고, 터져 나간 파편에 얻어맞은 건지 피로 범벅을 한 채였다.

몇 번이고 까무룩 놓치려 하는 정신을 억지로 붙잡은 채, 구조를 요청하려 했다.

한데 그녀의 머릿속에 가장 먼저 떠오르는 게 전율이었다.

지우는 전율에게 전화를 했지만, 연결이 되지 않았다. 그러는 와중에도 몇 번이고 까무러칠 뻔했다. 결국 남은 힘을 전부 짜내어 문자를 보내다 기절하기 직전 가까스로 전송 버튼을 터치했다.

그 미완성의 문구가 전율에게 전달된 것이다.

이대로 죽을지도 모른다고 지우는 생각했다.

현실적으로도 그녀가 죽을 가능성이 높았다.

건물이 붕괴되며 계단의 일부가 부서져서 지우의 집 안으로 진입하는 데 애로 사항이 있었고, 무엇보다 제1구조지역은 간접적 피해를 받은 지우의 아파트가 아닌, 직접적 타격을 입은 아파트 세 동이었기 때문이다.

지우의 목숨은 촌각을 다투고 있었다.

구조가 늦어지면 백 퍼센트 숨이 끊어지고 말 상황인 것이다.

한데.

콰쾅!

누군가가 무서운 기세로 집 안에 들어서 냉장고를 단숨에 치워 버렸다.

전율이었다.

그가 피로 범벅이 된 지우를 품에 안았다.

"지우야! 지우야!"

그녀의 이름을 부르며 흔들어보았으나 아무런 반응이 없었다.

지우의 몸은 대단히 차가웠고, 코로 내뱉는 숨이 미약했다.

위험한 상황이었다.

전율이 힐링 포션을 꺼내 그녀에게 먹였다.

소용없었다.

그 정도로는 회복이 되지 않을 만큼 위중했다.

'어떻게 해야 하지?'

고민하던 전율의 머릿속에 불현듯 떠오르는 기억이 있었다.

―웃을 때의 입모양이 각성자 리스트에 있는 파안(破顔)의 마녀 록시와 92퍼센트 일치합니다. 록시는 불법으로 마나 하트를 섭취해 각성한 이로 정부에 대항하는 이능력자 집단 '데스페라도(Desperado)'의 1대 리더였습니다.

그것은 예전 마더가 지우의 웃는 입모양을 보며 했던 말이었다.

전율이 인피니트 백에서 마나 하트를 하나 꺼내 들었다.

만약 그녀가 정말 파안의 마녀라면 마나 하트를 섭취하고 각성할 터였다.

이능력자가 되면 그녀는 살 수 있었다.

파안의 마녀 록시, 그녀의 능력 중 하나는 자연 치유였다.

어떠한 상처를 입어도 순식간에 치유가 되는 능력으로 그 속도가 트롤보다 더 빠르고 강력했다.

하지만 만약 록시가 아니라면?

'지우는 죽어.'

선택의 여지는 없었다.

이대로 두어도 지우는 죽는다.

그렇다면 모험을 해야 한다.

전율이 마나 하트를 그녀의 입안에 넣었다.

꿀꺽.

지우의 목을 타고 마나 하트가 천천히 안으로 흘러 들어갔다.

'제발. 제발……'

전율은 지우가 반드시 살아나기를 바랐다.

마나 하트 하나를 지우가 온전히 삼켰다.

그리고 긴장으로 점철된 시간이 흐르던 어느 순간.

"......!"

지우의 눈이 번뜩 뜨였다.

*   *   *

마치 꿈을 꾼 듯했다.

지우의 의식은 어딘지 모를 아득한 암흑 속으로 끌려 들어가 점점 소멸하고 있었다.

그것은 잠이 드는 것과는 전혀 다른 종류의 느낌이었다.

죽음.

그랬다.

지우는 자신이 죽음과 가까운 곳에 다다랐음을 알았다.

육신에서 완전히 멀어진 의식은 저승과 이승의 경계선에서 아슬아슬 줄타기를 했다.

그녀의 혼이 저승 땅을 밟으려 할 때, 지금껏 살아왔던 삶이 파노라마처럼 눈앞에 펼쳐졌다.

죽음 직전에만 보게 된다는 주마등이었다.

'죽는구나.'

지우는 한 번도 겪어보지 못했던 죽음이라는 걸 받아들이기로 했다.

물론 쉬운 일은 아니었다.

하지만 계속해서 그녀를 끌어당기는 거대한 힘은 결코 맞설 수 없는 종류의 것이라는 걸 알기에, 순응할 수밖에 없었다.

모든 생명체의 혼은 저승의 문턱을 넘어서면 다시는 이승으로 돌아오지 못한다.

그것은 절대 불변의 법칙이다.

지우도 이 법칙에서 자유로울 수 없었고 그녀의 혼은 이제 저승으로 완전히 넘어가기 전이었다.

바로 그때였다.

알 수 없는 미지의 기운이 그녀의 혼을 잔뜩 옭아매는가 싶더니 다시 육신으로 끌어당겼다.

꺼져 가던 생명의 빛이 되살아났고 산자를 거부하는 저승은 그녀의 혼을 저 멀리 밀어냈다.

흡사 롤러코스터를 타는 것 같은 아찔함을 느끼며 지우는 눈을 떴다.

그녀의 앞엔 너무나 그립던 얼굴이 보였다.

'꿈……? 아니면 죽은 걸까?'

전율과의 마지막은 그녀에게 썩 유쾌하지 않은 기억으로 자리해 있었다.

하지만 그럼에도 불구하고 전율을 다시 보고 싶었다.

충동적으로 전율에게 전화를 할 뻔한 자신을 겨우 달랬던 밤이 얼마나 많았는지 모른다.

그래서인지 눈에 너무 생생히 비치는 전율의 모습이 거짓말 같았다.

환상을 보는 게 아닌지 의심만 계속되어 갈 때.

"지우야, 괜찮아?"

전율의 음성이 지우의 고막을 타고 흘러들어 왔다.

비로소 지우는 알 수 있었다.

그것은 꿈이나 환상 따위가 아니라 현실이라는 것을.

"율… 이?"

전율이 미소 지으며 고개를 끄덕였다.

"그래, 나야."

"여긴… 어떻게?"

"네가 문자 보냈었잖아."

"문자? 아!"

그제야 지우는 기절하기 전까지의 상황이 생생하게 떠올랐다.

갑작스러운 충격으로 터져 나간 집안 가구에 머리를 얻어맞아 기절했다.

잠시 정신을 차렸을 때는 냉장고에 깔려 있었다.

그때까지 쥐고 있던 스마트폰으로 전율에게 문자를 보내려 했는데, 제대로 보내졌는지 아닌지도 불확실한 상황에서 다시 정신을 잃고 말았다.

한데 지금 그녀는 무사히 전율의 품에 안겨 있었다.

"나 어떻게 된 거야?"

"너 괜찮아. 조금만 늦었어도 위험했겠지만 이제 걱정 안 해도 돼."

"정말? 괜찮다고?"

"응."

"그럴 리가⋯⋯."

아무리 정신없는 상황이었다고 해도 지우는 자신이 어떠한 입장이었는지 충분히 자각했었다.

손가락 하나 까딱할 수 없었고 허리 아래로는 감각이 전혀 느껴지지 않았었다.

바닥은 그녀가 흘린 피로 칠갑이 되었다.

그대로 죽어도 이상하지 않을 그런 상황이었는데 아무렇지 않을 리가 없었다.

"정말로 너 괜찮아."

전율이 재차 말하자 지우는 몸을 천천히 움직여 보았다.

맥아리가 하나도 없던 전과는 달리 부드럽게 잘 움직였다. 이어 허리와 다리도 의지대로 따라주었다. 고통도 없었다. 엉망이었던 몸이 무슨 수로 갑자기 회복된 건지 의문이었다.

"율아 나⋯ 어떻게 된 거야?"

그토록 그리워하던 사람을 실로 오래간만에 만났다는 반가움도 잊은 채, 지우가 물었다.

전율은 잠시 고민했다.

사실을 얘기해야 하나, 거짓을 말해야 하나.

죽어가던 지우는 마나 하트를 섭취하고 되살아났다. 그것은 그녀가 이능력자로 각성했다는 얘기다.

그리고 아마 그녀는 데스페라도의 파안의 마녀 록시일 것이 분명했다.

전율은 지우를 험한 전쟁터에 내보내기 싫었다.

그녀는 이쪽 삶과 상관없이 그저 일상 속에서 살아가길 바랐다.

하지만 능력을 각성한 이상 그녀도 변해 버린 자신의 상태에 대해 언젠가는 알게 될 것이다.

그렇다면 차라리 지금 사실을 알려주는 것이 나았다.

결론을 내린 전율이 입을 열었다.

"지우야, 지금부터 내가 하는 말 잘 들어."

"어? 응."

전율이 더없이 진지한 어투로 지우에게 일어난 일들에 대해서 차근차근 설명을 해나갔다.

그것을 듣는 지우의 얼굴엔 뭐라 말로 형용할 수 없을 만큼 기이한 표정이 자리했다.

긴 설명을 마친 전율이 가만히 지우의 반응을 기다렸다.

지우는 혼란스러움을 느꼈다.

마치 공상과학영화에서나 나올 법한 이야기를 들었고, 그 이야기의 주인공이 자신이라는 사실을 인지하기까지는 제법 긴 시간이 필요했다.

"율아… 네가 한 얘기… 믿어야 하는 거지?"

전율은 말없이 고개를 끄덕였다.

그 묵직한 반응이 모든 얘기가 사실임을 체감하게 해주었다.

"내가… 이능력이라는 걸 얻게 되었다고?"

"응."

"하지만 난 모르겠는걸. 어떤 능력이 생긴 것 같지도 않고."

지우는 자신의 능력을 모르지만 전율은 그녀가 어떤 능력을 구사할 수 있는지 아주 잘 알고 있었다.

"지우야, 왼손으로는 공기를 쥔다고 생각해 봐. 크기는 사과 한 알 정도."

전율이 시키는 대로 지우는 왼손으로 공기를 쥐었다.

"오른손은 아무 곳이나 뻗어서 대봐."

"아무 곳이나… 어디?"

지우는 워낙 정신이 없어서 전율이 시키는 간단한 지시도 제대로 이해하지 못했다.

전율은 그녀의 상태를 충분히 이해했기에, 다시 말했다.

"오른손은 앞에 보이는 벽 쪽으로 쭉 뻗어. 벽에 손이 닿아야 돼."

"응."

"이제 왼손에 쥐고 있는 공기를 오른손에 닿은 벽으로 쏘아 보낸다고 생각해 봐."

"그냥 그렇게 생각만 하면 되는 거야?"

"그래."

"…알았어, 해볼게."

지우는 전율의 말을 따르면서도 이게 지금 뭐 하는 짓인가 싶었다.

하지만 어쨌든 죽음에서 되살아났고, 그것은 뭔가 상식을 초월하는 일이 벌어지지 않은 이상 불가능했다.

그러니 지금 전율이 하는 말도 일단 한번 시도해 볼 일이었다.

지우가 왼손에 쥐고 있던 공기를 오른손으로 보내겠다 생각했다. 그 순간 왼손의 공기가 손바닥으로 쑥 빨려 들어와 순식간에 오른손으로 이동해 발경하듯 터져 나갔다.

콰아아앙!

"꺄악!"

지우가 오른손으로 짚고 있던 벽이 커다란 충격을 받으며 모조리 터져 나갔다.

지우는 자신이 저지른 일에 놀라 비명을 지르며 덜덜 떨었다.

"이, 이게 뭐야?"

"네가 한 거야, 지우야."

"내가?"

"그래."

"말도 안 돼……."

"이게 네 능력이야. 왼손으로 흡수한 공기를 몸속에서 응축시켜 오른손으로 발출해 터뜨리는 거지. 기술의 이름은 브레이킹(Breaking). 네 왼손은 무한대의 공기를 흡수할 수 있고, 그것은 전부 에너지로 응축해 오른손으로 발출할 수 있어. 그게 무슨 뜻인 줄 알아?"

지우가 자신의 두 손을 바라보다가 떨리는 음성으로 물었다.

"모, 모르겠어."

"네가 발생시킬 수 있는 브레이킹의 파괴력 또한 측정 불가란 얘기야."

지우의 에너지원은 공기다.

그리고 지우는 그것을 무한대로 흡수할 수 있다.

전생에서 파안의 마녀 록시가 데스페라도를 만들어 이끌 수 있었던 것은 이처럼 괴물 같은 힘이 있었기 때문이다.

사실 그녀는 힘으로만 따지면 미라클 엠페러보다 강했다.

하나, 지구방위연합 어스 뱅가드는 반정부단체인 데스페라도의 존재를 악으로 규정했기에, 록시는 미라클 엠페러가 될 수 없었다.

록시 역시도 이기적인 정부에서 붙여주는 그런 거치적거리는 칭호 따위에 미련이 없었다.

어찌 되었든 록시는 미라클 엠페러들보다 더욱 강한, 냉정하게 놓고 봤을 때 인류 역사상 가장 강력한 이능력자였다.

그래서 미라클 엠페러 셋을 품고 있는 어스 뱅가드도 데스페라도를 쉽게 소탕할 수 없었던 것이다.

만약 록시가 데스페라도가 아닌 정부의 사람이었다면 그녀 홀로 미라클 엠페러라 불리었을지도 모를 일이었다.

지우가 흔들리는 동공을 들어 조금 전까지 벽으로 가로막혀 있던 뻥 뚫린 공간을 바라보았다.

"이게 정말… 내가 한 거라고?"

"그래."

이제는 인정할 수밖에 없었다.

자신은 보통의 사람들과 달라졌고, 기이한 힘을 얻게 되었음을 말이다.

스스로의 상태를 받아들이고 나니, 비로소 또 다른 의문이 떠올랐다.

"그런데 율아, 넌 어떻게 이런 걸 다 알고 있는 거야? 외계인의 심장… 마나 하트니, 그걸 먹으면 이능력을 얻게 된다느니… 보통 사람은 전혀 알 수 없는 얘기들이잖아."

"난 보통 사람이 아니니까."

"그럼 율이 너도?"

"응. 이능력자야. 그리고 미래에서 왔어."

"미래에서 왔다고?"

조금 풀리는가 싶었던 이야기가 한 번 더 꼬였다.

지우는 미래에서 왔다는 건 또 무슨 말인지 물어보았고 전율은 이번에도 차근차근 자신의 이야기를 풀어놓았다.

그것은 지금껏 어빌리티 멘을 가르치는 열한 명의 사범 말고는 누구에게도 털어놓지 않은 이야기였다.

전율의 이야기는 들으면 들을수록 황당했지만 이제 지우는 그것을 전부 믿을 수밖에 없었다.

*　　　　*　　　　*

한참의 시간이 흐르고 생각을 전부 정리한 지우가 물었다.

"그럼 난 예전에 정부와 싸우는 집단의 우두머리였다는 거야?"

"응."

"파안의 마녀 록시라고?"

"그래."

"이름도 참 재미있다."

"괜찮니?"

전율이 지우의 안색을 살폈다.

다행스럽게도 지우는 혼란스러움을 많이 지운 듯했다.

"응. 아무렇지도 않은 건 아니지만, 하나하나 받아들이고 있어. 나한테 벌어진 일들, 너한테 듣게 된 이야기들을."

지우는 보통의 여자들보다 강단이 센 여인이었다.

그리고 현실을 인정하는 것도 빨랐다.

그랬기에 전생에서도 반정부단체를 이끄는 리더의 자리에 오를 수 있었을 것이다.

"참 재미있다. 너랑 나랑 그런 인연이었다니."

"아니, 전생에서는 크게 인연이 없었어. 그저 같은 고등학교를 졸업한 사이였을 뿐, 그 이후에 넌 이능력자로, 나는 평범한 인간으로 서로 다른 세상에서 살아갔었지. 오히려 지금이 더욱 깊은 인연이라 할 수 있겠지."

그 말에 지우는 뭔가 떠오르는 게 있었다.

"율아. 혹시 미래대부 채무 건으로 네가 우리 집에 찾아왔을 때 말이야, 그것도 뭔가 알고 있었기 때문에 그랬던 거야?"

"응."

지우네 가족은 미래 대부에 돈을 빌렸고, 그것을 못 갚아 난감한 상황에 빠졌었다.

한데 전율이 그런 지우네 가족을 미래대부로부터 보호해 주었던 일이 있었다.

"원래는 어떻게 되는 거였는데, 우리 가족?"

"사실대로 말해줘?"

"응."

"케이자동차에 넣었던 주식을 미래대부의 협박으로 전부 팔아 빚의 일부를 갚았는데, 그래도 채무 빚이 해결되지 않아 더한 협박을 받다가 결국 가족 전체가 잘못되고 말아."

"…그랬구나. 그렇게 되는 거였구나. 그래서 네가 도와주러 온 건데 난 그때 오해해 버리는 바람에 모진 말만 해버렸었어."

전율이 고개를 저었다.

"됐어. 지난 일이야. 맘에 두지 마."

"…응."

지우는 갑자기 자리에서 벌떡 일어서 주변을 둘러보며 한숨 쉬었다.

"그나저나 부모님 돌아오시면 놀라겠네. 집이 이 모양이 되었으니……."

"그러게."

"일단 난 우리 집 일부터 수습해야 할 것 같아. 그다음에 너한테 연락할게. 이제 나도 어빌리티 멘이 된 거잖아?"

"…지우야. 너는 꼭 어빌리티 멘으로 활동하지 않아도 돼."

"아니, 싫어. 모르면 가만있었겠지만 진실을 알았고 힘이 있는데 사용하지 않는다는 건 비겁한 짓이야. 나도 어빌리티 멘으로 활동할래."

"내가 끝까지 지켜주지 못할 수도 있어."

"너한테 지켜주기를 바란 적 없어. 내가 내 의지로 하는 일이
야. 그러니까 마음 쓰지 않아도 돼."

"후회 안 하겠어?"

"응."

지우가 다부지게 고개를 끄덕였다.

잔잔한 미소를 머금은 그녀의 모습은 어딘지 모르게 믿음직
스러워 보였다.

전율이 피식 웃었다.

"그래. 괜히 파안의 마녀 록시라 불리었던 게 아니었지."

"몰라, 전생의 나는. 그냥 지금의 내 마음이 그럴 뿐이야."

"알았어. 그럼 잘 정리하고 연락해. 명심해. 한번 발 들여놓
으면 그걸로 끝이야. 두 번 다시 무를 수 없어."

"명심할게. 그만 가봐, 율아."

전율은 말없이 자리를 떠났다.

폐허가 된 공간 속에는 지우 홀로 남아 있었다.

그녀는 자신의 두 손을 보며 나직이 중얼거렸다.

"왼손으로 공기를 모아 오른손으로 발경한다는 거지?"

데스페라도 파안의 마녀 록시.

그녀가 각성했다.

Chapter 67.
일체화

지우가 정식 어스 뱅가드 요원이 되었다.

당연한 수순이지만 그녀는 전율이 리더로 있는 어빌리티 멘 소속이 되었다.

그녀의 능력 브레이킹은 초능력으로 분류되어 사이킥 유닛 팀으로 배정받았다.

지우는 따지고 보면 다른 어빌리티 멘 중에서 누구보다 전율과 가까운 사이였다. 하지만 그녀는 절대 그런 것을 티내지 않았다.

아무리 그래도 고등학교 동창인 데다가 둘 사이에 미묘한 기류까지 흐른 적 있는 사이인데 그들은 서로를 철저하게 남처럼 대했다.

그래서 전율은 지우가 편했다.

그녀가 만약 전율에게 알은척을 하고 서로 가까운 사이라는 걸 은연중에 어필하려 들었다면 상당히 불편했을 것이다.

하지만 지우는 경박스러운 여인도 아니었고, 다른 또래들보다 훨씬 현명했다.

지우가 들어온 뒤로 한 달여가 더 흘렀다.

그동안 헬렌은 지구로 다가오는 외계 종족의 기운을 느끼지 못했다.

사실 전생에서의 경험을 떠올려 보자면 벌써부터 외계 종족의 침입을 걱정할 필요는 없었다.

항상 그들은 몇 달 정도의 텀을 가지고 지구를 침략했기 때문이다.

하지만 전율이 알던 전생과 지금은 달라도 너무 달라져 버렸다.

이미 2차 침공에서 전생의 5차 침공과 비슷한 수준의 외계 종족들이 침략을 해왔다.

그런 상황이다 보니 침공의 시기 역시 언제가 될지 알 수 없었다.

해서 전율은 헬렌에게 외계 종족의 동태를 계속해서 살피라 명했다.

한 달 동안 어빌리티 멘의 수는 빠르게 늘어 이제 천 명이 넘어가고 있었다.

시간이 흐를수록 전율과 열한 명의 사범들은 어빌리티 멘들을 가르치는 데 익숙해졌고, 체계적인 시스템이 잡혀갔다.

그 덕분에 새로 들어온 어빌리티 멘들은 앞선 선배들보다 빠른 성장을 이룩할 수 있었다.

물론 전율과 사범들도 꾸준히 힘을 키워 나갔다.

견우리, 조하영, 이건, 김기혜, 유지광, 설열음, 장도민, 루채하, 진태군, 이서진, 장철수는 이제 혼자서도 지하 1층의 전장을 충분히 클리어하는 것은 물론 오버 퀘스트 역시 무리 없이 해나가는 수준에 이르렀다.

한 명 한 명이 그야말로 괴물이 된 것이다.

하지만 어빌리티 멘들은 아무도 사범들을 괴물이라 부르지 않았다.

전율 때문이었다.

그야말로 진정한 괴물이었다.

전율의 성장은 다른 어빌리티 멘들이나 사범들과는 비교도 되지 않을 만큼 엄청났다.

사범들 중에서도 가장 호전적인 장도민과 이서진은 어떻게든 전율을 따라잡기 위해 노력했다.

언젠가는 분명 그와 걸음을 나란히 하는 날이 올 것이라 믿었다.

하지만 시간이 흐를수록 전율을 따라잡기는커녕, 그것은 그저 바람에 불과하다는 것을 깨닫게 되었다.

전율은 하루가 지나면 어제와는 완전히 다른 사람이 되어 있었다.

다른 사람들이 한 걸음씩 나아갈 때 그는 열 걸음을 내디뎠다.

전율의 힘을 단적으로 표현하자면, 사범을 포함한 어빌리티 멘 전부가 덤벼도 그를 이길 수는 없을 정도였다.

아니, 이기는 건 고사하고 몇 시간이나 버틸 수 있을지가 관건이었다.

그도 그럴 것이 전율은 늘 지하 1층의 전장에 들어서서 모든 외계 종족들을 싹쓸이해 버렸기 때문이다. 그 말인즉, 오버 퀘스트 역시 전율이 독식을 한다는 것이다.

때문에 전율은 모험가들 사이에서 독식의 사신이라 불리었다.

전율은 현재 오러와 마나의 랭크를 14까지 업그레이드시켰고, 스피릿은 13랭크에 성정도가 98퍼센트였다.

오러와 마나는 더 이상 새로운 기술은 생기지 않았다. 다만 기존에 사용할 수 있는 기술들의 파괴력이 월등히 강해졌다.

스피릿 역시 마찬가지였다.

이제 곧 스피릿도 14랭크에 도달할 터였다.

전율이 최근 전장을 누비고 있었기 때문이다. 오늘 그는 이미 네 번의 마스터 콜에 접속했고 이번이 마지막이었다.

전장은 당연히 지하 1층.

마스터 콜에서 가장 강한 외계 종족과 싸울 수 있는 행성에 와 있었다.

전율의 앞엔 흡사 바퀴벌레를 크게 불려놓은 것 같은 거구의 외계 종족들이 입에서 초록 가스를 내뿜으며 모험가들과 싸우고 있었다.

외계 종족의 이름은 '로쿠나'.

남아 있는 개체수는 총 23,120이었다.

전율은 마갑 데이드릭과 투구 링시아를 착용하지 않았고, 마검 이슈반도 뽑지 않았다.

그 상태로 짧게 숨을 한 번 고르더니 로쿠나 무리 속으로 돌진했다.

콰아아앙!

전장의 중앙에 거대한 뇌전이 떨어졌다.

그 한 방에 수십 마리의 로쿠나가 비명횡사했다.

로쿠나 무리와 전투를 벌이던 모험가들이 일제히 놀라 눈을 크게 떴다.

그들은 이제 저 뇌전이 무엇인지 아주 잘 안다.

"독식의 사신이다!"

"전율이 나타났어, 제기랄!"

적 무리의 중심부에 호쾌히 때려 박히는 뇌전!

그것은 전율이 스스로의 등장을 알리는 개선포 같은 것이었다.

독신의 사신이 나타난 이상 전장의 외계 종족은 전부 그의 몫이었다.

전장에서 전율이 시전하는 기술들은 하나같이 광범위 타격들이었다.

게다가 그 파괴력이 어마어마했다.

괜히 근처에서 얼쩡거렸다가 여파에 휘말려 저승 구경하게 될지도 모르는 일이다.

때문에 전율이 나타나면 모두 전장에서 멀어지기 바빴다.

전율은 전장을 자기 집 마당처럼 멋대로 휩쓸고 다녔다. 그가 지나가는 곳마다 벼락이 떨어지고 보랏빛 오러가 폭발했다.

땅이 갈라지고 곳곳에서 화염이 일었다.

로쿠나들은 전율의 머리카락 한 올 건드리지 못한 채 속수무책으로 죽어나갔다.

전율이 전장에 등장하고 나서 5분이 채 지나지도 않았건만 로쿠나의 수가 천이나 죽어나갔다.

전율은 그것으로 퀘스트를 완료했고, 바로 오버 퀘스트를 수락했다.

이제부터는 외계 종족을 죽이는 대로 마나 워터를 얻게 된다.

전율의 광역기가 계속해서 로쿠나 무리에 작렬했다.

그가 작정하고 힘을 전부 개방했다. 그러자 로쿠나들은 그전보다 훨씬 빠르게 머릿수가 줄어들었다.

모험가들은 추수당하는 벼마냥 우르르 쓰러져 나가는 로쿠나 무리를 그저 지켜볼 수밖에 없었다.

*   *   *

오버 퀘스트가 끝났다.

전율은 이만이 넘는 로쿠나들을 홀로 독식했고, 그 결과 거대한 운석만 한 크기의 마나 워터를 얻게 되었다.

그는 마나 워터로 흡수한 기운을 오러, 마나, 스피릿에 적당히 분배했다.

그런 전율의 곁에서 팔미호는 죽어버린 로쿠나들의 시체에서 생기를 흡수했다.

"아항~ 맛있어. 너무 맛있어서 어떻게 되어버릴 것 같아. 이제 구미호가 되는 날도 머지않았어. 늘 고마워, 우리 주인~!"

전율은 팔미호의 말에 아무런 대꾸도 하지 않았다.

마나 워터에서 얻은 기운을 나누는 데 집중하고 있었기 때문이다.

팔미호가 모든 시체의 생기를 흡수했을 때, 전율도 에너지의 분배를 끝냈다.

그가 상태창을 확인했다.

〈전율 님의 능력치〉

[오러]
랭크 : 14
성장도 : 26%
색 : 보라색
사용 가능 기술 : 오러 피스트(Aura Fist), 오러 애로우(Aura

Arrow), 오러 피스톨(Aura Pistol), 오러 버서커(AuraBerserker), 오러 플라즈마(Aura Plasma)

[마나]
랭크 : 14
성장도 : 48%
사용 가능 기술 : 뇌섬(雷殲), 속박뢰(束縛雷), 뇌암(雷暗), 뇌호(雷護), 뇌전(雷電)의 창(槍), 뇌창(雷猖), 폭뢰(爆雷), 지뢰(地雷), 뇌격(雷隔), 뇌신(雷神), 벽력멸(霹靂滅)

[스피릿]
랭크 : 14
성장도 : 2%
사용 가능 기술 : 위압(危壓), 호의(好意), 지배(支配), 최면(催眠), 신안(神眼), 일체화
테이밍 가능한 생명체의 수 : 12/21
테이밍된 생명체 : 초백한, 칠미호, 디오란, 환, 청룡, 백호, 주작, 현무, 해태, 봉황, 기린, 황룡

[착용 중인 아이템]
─마갑 데이드릭〈귀속〉: S급 아티팩트. 궁극의 형태.
─마검 이슈반〈귀속〉: A+급 아티팩트. 궁극의 형태.
─투구 링시아〈귀속〉: S─급 아티팩트.

*데이드릭 세트 효과 발동. 힘, 민첩성 15% 강화.

"음… 확실히 더디군."

그렇게 많은 마나 워터를 흡수했는데도 성장도가 크게 오르지 않았다.

아쉽지만 어쩔 수 없었다.

전율의 시선이 오러와 마나의 항목을 지나 스피릿으로 내려왔다.

그런데.

"응? 일체화?"

스피릿에 새로운 기술이 업데이트되어 있었다.

전율이 일체화라는 글씨를 터치했다.

팅—

맑은 소리와 함께 상태창 옆에 새로운 창 하나가 떠올랐다.

전율은 그 창에 적힌 글귀를 읽어 보았다.

[일체화—귀속시킨 소환수와 합일(合一)하여 그 힘을 내 것으로 만들어 사용하는 기술로서, 스피릿이 전부 소모될 때까지 일체화를 지속시킬 수 있고, 원하면 그 전에 스스로의 의지로 얼마든지 일체화를 종료할 수 있다. 일체화하고 싶은 소환수를 소환시킨 후, 스킬의·이름을 말하면 자동 발동된다.]

"소환수와 합일해 그 힘을 내 것으로 만든다고?"

상당히 재미있는 기술이었다.

전율은 이 기술을 당장 사용해 보기로 했다. 마침 팔미호가 전율에게 다가왔다.

"우리 주인~ 왜 그렇게 심각해?"

전율이 팔미호를 바라보며 시전어를 외쳤다.

"일체화."

"응?"

전율의 스피릿이 반응하며 팔미호가 환한 빛으로 화했다. 그러고는 수천 조각으로 나뉘더니 전율의 전신으로 스며들었다.

[으앗, 이거 뭐야 주인? 봉인되는 게 아닌데?]

전율의 머릿속에서 팔미호의 의지가 전해져 왔다.

"일체화라는 새로운 기술이야."

[일체화? 기분이 이상해. 나 지금 주인이랑 완전히 한 몸이 된 것 같아. 뭐야? 엄청 야릇해 이거. 하앙.]

전율의 세포 하나하나에 팔미호의 모든 것들이 전이되었다. 그녀의 힘과 기술이 고스란히 녹아든 것이다.

"이런 느낌이군."

고개를 주억거린 전율이 팔미호의 기술 중 하나를 시전했다.

"염화."

순간.

푸화아아아아아아악!

그의 앞에서 거대한 불길이 파도처럼 일었다.

전율에게 합일한 채로 그 광경을 지켜보던 팔미호가 깜짝

놀랐다.

[뭐, 뭐야? 이게 염화라고? 말도 안 돼.]

팔미호의 힘을 흡수해서 사용한 염화는 그녀가 평소에 사용하던 것과 규모와 파괴력이 완전히 달랐다.

일반적인 염화의 수십 배는 강력했다.

염화는 팔미호의 기술 중 가장 기초적이고 약한 편에 속했다.

그렇다면 다른 거대한 기술들은 어떨지 벌써부터 기대가 되는 전율이었다.

"일체화. 좋은 걸 얻었어."

전율이 일체화를 끝냈다.

그의 몸에서 빛 무리가 흘러나와 한데 합쳐져 다시 팔미호의 모습으로 돌아왔다.

팔미호가 잔뜩 상기된 얼굴로 전율의 가슴에 꽉 안겼다.

"우리 주인~ 나 방금 그거 정말 좋았어. 계속 그대로 있으면 안 될까? 응?"

팔미호의 헛소리에 대한 대가는.

"봉인, 팔미호."

"어머나."

언제나 그렇듯 봉인이었다.

팔미호는 전율의 머릿속에서 계속 일체화를 해달라고 졸랐지만 전율은 깔끔하게 무시하고서 마스터 콜을 종료한 뒤 현실로 복귀했다.

그러고서는 잠깐 숨도 돌리지 않고 다시 에르펜시아로 향했다.

사실 하루에 한 번씩은 에르펜시아를 찾는 전율이었다.

그녀의 연인인 이제린을 에르펜시아에서만 만날 수 있기 때문이었다.

두 사람은 늘 약속한 시간에 에르펜시아를 찾아 짧은 데이트를 즐겼다.

한데 지금은 이제린과 약속한 시간대가 아니었다.

한마디로 전율은 이제린을 보기 위해 에르펜시아에 걸음을 한 게 아니었다.

그의 목적은 폭포수 너머 뚫린 동굴 안에 있었다.

Chapter 68.
가디언 아이니

   에프렌시아의 폭포수 너머에는 가디언 아이니가 모험가들의
도전을 기다리고 있다.
   레모니아는 아이니를 이기면 큰 힘을 손에 넣을 수 있을 것
이라 말했다.
   전율은 오늘 아이니에게 도전하기로 마음먹었다.
   그가 거침없이 폭포가 굽이치는 호수로 향했다.
   '어떤 녀석일까.'
   전율에겐 아이니에 대한 정보가 하나도 없었다.
   아이니를 만든 레모니아는 그 존재에 대해 강하다고만 언급
했을 뿐, 다른 얘기는 하지 않았다.
   그리고 아이니를 잡기 위해 폭포 안으로 들어섰던 이들은

전부 살아 나오지 못했다.

그렇다 보니 아이니에 대한 정보를 얻는다는 것이 불가능했다.

적을 알지도 못하면서 잡겠다고 나서는 건 섣부른 행동일 수도 있었다.

하지만 그런 생각에 갇혀 있게 되면 평생을 가도 아이니에게 도전할 수가 없다.

전율은 그동안 충분히 강해졌다.

그는 자신을 믿고 아이니에게 도전하기로 했다.

전율이 호수 앞에 서서 폭포를 바라보고 있자니 다른 모험가들의 시선이 그에게로 집중되었다.

"저 녀석, 독식의 사신 아니야?"

"맞아. 오늘은 엘프 여자 친구가 안 보이네."

"호수 앞에서 폼 잡고 뭐 하는 거야? …설마?"

모험가들은 전율의 기세가 심상찮음을 느끼고 하나둘 근처로 모여들었다.

그중에는 어빌리티 멘 멤버들도 몇몇이 섞여 있었다.

에르펜시아는 마스터 콜을 지하 1층까지 클리어한 모험가들이 자유롭게 오갈 수 있는 공간이다.

어빌리티 멘 중에서도 지하 1층까지 클리어한 이들이 상당히 많았고, 그들 상당수는 에르펜시아를 무척이나 좋아했다.

발을 들이는 것만으로도 평안한 휴식을 안겨주는 마법의 장소이기 때문이다.

마침 댄젤도 에르펜시아에서 여유를 즐기던 터였다.

전율을 어려워하는 다른 어빌리티 멘들과 달리 댄젤은 그를 제법 편하게 대하는 편이었다.

해서 지금도 전율에게 쉽게 다가와 말을 걸었다.

"아이니를 잡으려는 겁니까?"

"그래요."

"조심하십시오."

"아이니가 이길까요, 내가 이길까요."

전율이 묻자 댄젤이 피식 웃었다.

"어울리지 않는 질문이군요."

"그렇군."

농담처럼 받아넘기는 댄젤이었지만, 이미 그는 전율을 무한히 신뢰하고 있었다.

결코 전율이 누군가에게 질 것이라는 생각 자체를 하지 않았다.

"다녀오도록 하죠."

"기다리고 있겠습니다."

전율이 전의를 다지며 폭포 안으로 몸을 날렸다.

*   *   *

폭포 너머엔 제법 넓은 공동이 존재했다.

자연적으로 형성된 게 아니라 인위적으로 만들어진 공간이었다.

공동의 내부에는 빛을 밝힐 만한 장치가 아무것도 없었는데도 불구하고 상당히 밝았다.

전율은 아이니를 찾았다.

하지만 그 넓은 공동 어디에도 그의 모습은 보이지 않았다.

"아무도 없는 건가?"

그때였다.

파아앗.

허공에서 푸른빛이 물결처럼 일더니 갑자기 사라지며 레모니아가 나타났다.

그녀는 아름다운 미소를 머금고 전율에겐 인사를 건넸다.

"잘 지냈나요?"

"레모니아 님? 여기는 왜?"

"아이니를 만나러 오셨죠?"

"네."

"제 경고가 가벼웠나요? 아니면 그만큼 자신이 있는 건가요?"

레모니아는 의미심장한 질문을 건넸다.

다른 사람이라면 레모니아라는 큰 존재가 내미는 문제 앞에 얼어버리거나 긴장할 법하건만, 전율은 시원하게 답을 내놓았다.

"불가능하다 여겨지는 일은 시도하지 않습니다."

"늘 자신만만한 모습이 보기 좋네요. 하지만 이번 상대는 좀 힘들 거예요."

"아이니에 대해 어떠한 정보도 없으니 녹록지 않겠다는 것 쯤은 각오하고 있습니다."

그 말에 레모니아는 고개를 저었다.

"그럴 리가요. 전율 님은 누구보다도 그에 대해 잘 알고 있는 걸요?"

"네?"

"아니, 전율 님뿐만 아니라 아이니를 찾아오는 모든 사람들이 그를 잘 알고 있죠. 그래서 더 어렵답니다. 아이니 역시 여러분을 많이 알고 있거든요."

선문답 같은 대화였다.

태어나서 한 번도 본 적 없는 상대를 어떻게 잘 알 수 있다 단정 짓는 건지 의문이었다.

"곧 알게 될 거예요."

조금 전까지 전율의 앞에 있던 레모니아가 어느새 뒤로 다가와 귓속말을 흘렸다.

전율이 흠칫 놀라 고개를 돌렸다. 하지만 레모니아는 그새 또 사라지고 없었다.

"앞을 보세요."

레모니아의 음성이 공동의 사위에서 입체적으로 들려왔다.

덕분에 그녀가 어디에 있는 건지 파악하는 게 어려웠다.

전율은 시키는 대로 앞을 바라봤다.

그리고 잠시 할 말을 잃었다.

"······."

"······."

전율의 앞에서 전율과 똑같은 표정을 짓고 서 있는 이는, 비단 표정만 같은 게 아니었다.

전체적인 골격부터 외형, 이목구비 하나하나가 쌍둥이처럼 똑 닮아 있었다.

게다가 걸치고 있는 옷과 허리에 찬 이슈반까지 그대로였다.

"이건······."

"뭐야······."

전율이 먼저 말을 꺼냈고, 뒤이어 전율과 똑같은 인간이 따라 말했다.

한데 음성 역시 빼다 박은 듯 같았다.

하나에서 둘이 된 전율은 서로 놀라 상당히 당황하고 있었다.

다시 레모니아의 목소리가 들려왔다.

"전율 님이 보고 있는 또 하나의 자기 자신. 그게 바로 아이니예요."

"······!"

설마 아아니의 정체가 또 다른 나였으리라는 건 상상도 하지 못했었다.

소름이 끼치는 건 레모니아의 어떠한 마법 장치로 생겨난 것이 분명한 가짜 역시 전율과 똑같이 황당해하고 있다는 것이다.

그는 마치 자신이 진짜고, 전율이 가짜라는 듯 행동했다.

그게 전율을 화나게 만들었다.

"이런 악취미가 있는 줄 몰랐네요."

가짜 전율, 아이니의 말이었다.

"지금 네가 하고 있는 짓이 더 악취미라는 생각은 안 드나?"

전율이 따지듯 물었다.

아이니는 살기 어린 눈으로 전율을 노려보았다.

"곧 차라리 죽여달라고 애원할 만큼 두들겨 줄 테니 입 닥치고 얌전히 있어."

기가 탁 막혔다.

저건 완전히 전율의 말투였다. 저 녀석은 전율의 외형적인 모습뿐만 아니라 사고방식까지도 카피를 한 모양이었다.

그것까지는 어떻게든 참아 넘어갈 수 있었다.

도저히 인정이 안 되는 건 가짜가 진짜를 가짜 취급한다는 것이다.

분노로 바들바들 떠는 전율에게 레모니아의 달콤한 목소리가 다시금 들려왔다.

"여태껏 이 장소를 찾아왔던 모험가들 중 그 누구도 자기 자신을 이기지 못했어요. 왜 그럴까요?"

그 이유를 전율은 벌써부터 알 수 있을 것 같았다.

자고로 비슷한 실력을 지닌 자와 싸울 때는 먼저 흥분하는 쪽이 빈틈을 드러내고 결국 지게 되어 있다.

한데 나와 똑같은 이를 보고 흥분하지 않을 사람이 어디에 있겠는가?

시작부터가 불리한 싸움이었다.

전율은 최대한 자신의 마음을 다스리기 위해 애썼다.

물론 생각만큼 잘되지는 않았다.

그런데 문득 이런 의문이 들었다.

'저 녀석이 내 외형과 내 사고방식, 그리고 내 자아까지 복사해 놓은 상태라면… 지금 하는 행동들이 전부 연기가 아니라 진짜일 텐데.'

연기를 하는 건지, 진심으로 자기 자신이 진짜라고 믿어서 분노하는 건지 종잡을 수가 없었다.

하지만 이건 평정심을 잃는 쪽이 지게 되는 싸움이다.

그리고 여태껏 아이니에게 도전했던 모험가들은 전부 죽음을 맞았다.

말인즉, 자신을 복제한 가짜는 평정심을 잃지 않고 싸웠고, 이는 곧 지금 보이는 모습들이 연기일 가능성이 높다는 것이다.

'뭐가 진짜인지 아직 확실한 건 아무것도 없다.'

우선은 붙어봐야 할 일이다.

처음부터 전력을 다해 상대한다!

"데이드릭, 링시아."

"데이드릭, 링시아."

두 명의 전율은 마갑 데이드릭과 투구 링시아를 장착한 뒤, 이슈반을 꺼내 들었다.

처음부터 전력을 다하겠다는 생각 역시 똑같이 한 것이다.

"소환, 팔미호, 디오란, 청룡, 백호, 주작, 현무, 해태, 봉황, 기린, 황룡."

"소환, 팔미호, 디오란, 청룡, 백호, 주작, 현무, 해태, 봉황, 기린, 황룡."

전투에 참여 가능한 모든 소환수를 전부 소환해 버리는 것도 같았다.

"이거 정말 참아보려 해도……."

계속 성질을 긁는 아이니였다.

"내 흉내를 내는 꼴이 역겨워서 오래 못 봐주겠군. 빨리 끝내주마."

이것 역시 아이니의 말이었다.

전율은 결국 더 참지 못하고 도발에 넘어갔다.

그가 땅을 박차고 달려 나갔다.

그와 동시에 아이니도 달려 나왔다.

콰아아아앙!

거대한 오러가 맺힌 두 사람의 주먹이 허공에서 격돌했다.

우르르르릉!

사방으로 엄청난 충격파가 퍼져 나가며 지축이 흔들렸다.

공동이 무너져 내리는 게 아닌가 싶을 정도로 매서운 진동이 일었다.

　　　　*　　　　*　　　　*

"허억! 헉!"

"후욱! 후우우!"

두 명의 전율은 완전히 만신창이가 되어 있었다.

스피릿의 힘은 다 써버린 지 오래라 이미 소환수들은 전부 사라지고 없었다.

뿐만 아니다.

마나와 오러 역시 고갈되었다.

두 사람은 누구 하나 밀리지 않고 지금껏 호각으로 싸워왔다.

이제는 모든 기운을 다 써버리고 오로지 육신의 힘에 의존해 전투를 이어나가는 중이다.

슬슬 끝을 봐야 할 때가 다가왔다.

'어렵다.'

근래 들어 이토록 힘들고 어려운 싸움은 처음이었다.

상대방은 또 다른 나였다.

그 때문에 내 생각을 다 알고 내 공격 패턴까지 간파당했다.

웃기는 건 전율은 계속 자신의 모든 것을 들켜 버리는 기분인데, 아이니는 그런 것을 아예 신경 쓰지 않는다는 것이다.

놈이 정말 자신을 진짜라고 생각한다면 전율과 똑같은 당혹스러움을 느껴야 했다.

하지만 아이니는 그렇지 않았다.

전율은 싸우기 전 아이니가 보여주었던 모든 모습들이 역시 연기였다고 결론지었다.

하지만 그게 아니었다.

레모니아가 애초에 아이니를 만들 때, 상대방의 모든 것을 닮되 딱 한 가지만큼은 닮지 않도록 설정해 놓았었다.

그것은 전투에 돌입할 시 자신의 공격 패턴을 간파당하는 것에 대한 당혹감이었다.

때문에 아이니는 모험가를 늘 이길 수 있었다.

비밀은 그것이었다.

사실 전율은 여태껏 이 공간을 찾은 다른 여행자들에 비해 더욱 훌륭한 활약을 해냈다.

모든 기운을 전부 소모할 때까지 호각의 전투를 벌였다는 건 대단한 일이었다.

하나 정신적 피로감이 컸다.

시간이 흐를수록 점점 그는 아이니에게 밀리기 시작했다.

'이대로는 안 돼.'

무언가 방법을 생각해 내지 않으면 전율 역시 지금껏 아이니에게 도전했던 다른 모험과들과 같은 결말을 맞게 될 터였다.

아이니는 승기를 잡았을 때 확실히 눌러 버리려는 듯 더욱 강하게 몰아쳤다.

가까스로 버티고 있던 힘의 균형이 완전히 무너졌다. 설상가상 가드까지 풀렸다.

픽! 퍼억! 픽!

몸 구석구석에 박히는 주먹 한 방 한 방이 쇳덩이가 내려치는 것마냥 아팠다.

'빨리 무슨 수를 내야 하는데.'

전율이 포기하지 않고 머리를 굴리던 그때였다.

[주인님! 제 몸에 저장되어 있는 마나 하트랑 천종산삼의 기운을 드릴게요!]

전율의 머릿속에 초백한의 의지가 흘러들어 왔다.

[보아하니 저 녀석은 주인님의 판박이지만 소환수들은 그렇지 않은 것 같았어요! 그냥 일반적인 패턴으로만 공격하다 스피릿이 소모되니 봉인되었거든요! 끼루루루!]

듣고 보니 그랬다.

전율이 평정을 잃은 와중에서도 아이니와 그나마 호각으로 버틸 수 있었던 이유는 선율의 소환수들이 더욱 지능적으로 전투를 벌였기 때문이다.

아이니는 소환수의 겉모습까지는 카피했어도 그들의 개성까지 카피하지는 못했다.

즉, 놈의 초백한은 이런 아이디어를 내지 못했을 것이라는 얘기다.

'부탁한다, 초백한!'

[네! 지금 보낼게요! 끼루루루루!]

초백한이 전율에게 마나 하트와 천종산삼의 기운을 전부 흘려보냈다.

전율은 그것을 당장 오러로 치환해 오른 주먹에 가득 모아 응축시켰다.

아주 미약한 힘이지만, 어차피 아이니는 지금 모든 기력이 쇠해 맨몸으로 싸우고 있다.

한 방만 제대로 들어가면 끝이다!

퍼억!

아이니의 주먹이 계속해서 전율을 두들겼다.

전율은 그것을 방어하지 않고 오히려 더 깊숙이 파고들어 오러가 어린 주먹을 내질렀다.

쐐애애애애액! 퍼억!

매섭게 튀어나간 주먹이 아이니의 흉부에 틀어박혔다.

빠드득! 빠득!

"크어… 억!"

아이니의 흉부가 움푹 파여 들어가더니 살이 찢어지고 피가 울컥 흘러내렸다.

아이니는 동상이라도 되어버린 듯 그 자리에 굳어 있다가 뒷걸음질 치며 쓰러졌다.

털썩.

"허억! 허억!"

전율이 가쁜 숨을 몰아쉬며 그런 아이니를 경계하며 지켜봤다.

다행스럽게도.

스르르.

아이니의 육신은 신기루처럼 가루가 되어 사라졌다.

"이겼… 어."

그와 거의 동시에 전율은 까마득해지는 정신을 붙잡지 못하고 기절해 버렸다.

Chapter 69.
반격의 서막

전율이 눈을 떴을 때, 그는 레모니아의 품에 안겨 있었다.

"레모니아 님?"

그것은 꿈이 아니었고 분명한 현실이었다.

레모니아는 예의 그 포근한 미소를 지으며 전율을 내려다보았다.

"푹 주무셨나요?"

전율은 얼굴에서 느껴지는 푹신한 감촉에 황망해하며 얼른 몸을 일으켰다. 그리고 주변을 둘러보았다. 그가 서 있는 곳은 아이니를 제압했던 그 공동이었다.

공동은 전투의 흔적이라고는 찾아볼 수 없을 만큼 깨끗했다.

아이니와 그토록 치열한 싸움을 벌였는데도 불구하고 말이다.

"축하해요. 전율 님은 아이니를 처음으로 이긴 모험가가 되었어요."

"제가 확실히 이긴 게 맞습니까?"

"맞아요."

"그렇군요."

"상태창을 확인해 보세요."

레모니아의 말에 전율이 바로 상태창을 열었다. 반투명한 테두리 안에 주르륵 나열된 글자들을 확인한 전율의 입이 살짝 벌어졌다.

〈전율 님의 능력치〉

[오러]
랭크 : 20(MAX)
성장도 : 100%
색 : 보라색
사용 가능 기술 : 오러 피스트(Aura Fist), 오러 애로우(Aura Arrow), 오러 피스톨(Aura Pistol), 오러 버서커(AuraBerserker), 오러 플라즈마(Aura Plasma)

[마나]

랭크 : 20(MAX)

성장도 : 100%

사용 가능 기술 : 사용 가능 기술 : 뇌섬(雷殲), 속박뢰(束縛雷),
뇌암(雷暗), 뇌호(雷護), 뇌전(雷電)의 창(槍), 뇌창(雷猖), 폭뢰(爆
雷), 지뢰(地雷), 뇌격(雷隔), 뇌신(雷神), 벽력멸(霹靂滅)

[스피릿]

랭크 : 20(MAX)

성장도 : 100%

사용 가능 기술 : 위압(危壓), 호의(好意), 지배(支配), 최면(催
眠), 신안(神眼), 일체화

테이밍 가능한 생명체의 수 : 12/21

테이밍된 생명체 : 초백한, 칠미호, 디오란, 환, 청룡, 백호, 주
작, 현무, 해태, 봉황, 기린, 황룡

[착용중인 아이템]

─마갑 데이드릭〈귀속〉 : S급 아티팩트. 궁국의 형태.

─마검 이슈반〈귀속〉 : A+급 아티팩트. 궁극의 형태.

─투구 링시아〈귀속〉 : S─급 아티팩트.

─제왕의 날개〈귀속〉 : S+급 아티팩트.

*데이드릭 세트 효과 발동. 힘, 민첩성, 마력 17% 강화.

모든 능력치가 20레벨이 되어 있었다.

게다가 제왕의 날개라는 S+급 아티팩트가 귀속되어 있었다.

"어떤가요?"

"놀랐습니다. 아이니를 이긴 것만으로 능력치 전부가 최대 레벨로 성장할 줄은 몰랐네요."

"전율 님은 특별한 힘을 가진 분이에요. 스스로의 능력을 수치화시켜서 볼 수 있다는 건 저 역시도 듣도 보도 못했으니까요. 전율 님의 기억을 읽어보지 않았다면 지금껏 몰랐겠죠."

"레모니아 님께서는 마치 제 모든 능력치가 최대 레벨에 달할 것을 예상했던 것 같습니다만."

레모니아는 고개를 끄덕였다.

"맞아요. 예상했어요."

"어떻게 그럴 수 있습니까?"

"아이니는 자기 자신을 투영한 내상이죠. 세상에서 가장 지배하기 힘든 것이 자기 자신이에요. 그것을 극복한 이는 모든 잠재 능력을 백 퍼센트 끌어내 완전체로 거듭날 수 있답니다."

"그럼 전 완전체가 되었다는 겁니까?"

"맞아요. 전율 님은 스스로를 이겨냈고 잠재 능력을 전부 발현했어요. 물론 거기엔 제 마법적 버프 효과도 작용했지만요."

말을 하며 레모니아는 한쪽 눈을 찡긋거렸다.

'하긴.'

현실적으로 자기 자신의 모습을 한 대상을 이겼다고 갑자기 이렇게 성장한다는 게 말이 되지는 않았다.

레모니아의 마법이 도움을 줬음은 당연한 일이다.

전율은 전신에서 용솟음치는 거대한 기운을 천천히 만끽했다.

어느 순간부터 전율의 모든 능력치는 그 성장이 매우 더뎠다. 그만큼 한 레벨 한 레벨의 차이가 엄청났다.

한데 모든 능력치의 레벨이 무려 6단계나 업그레이드되었으니 그 힘이 어마어마했다.

지금 같은 기분이라면 이기지 못할 상대가 아무도 없을 것 같았다.

"제왕의 날개는 뭡니까?"

"하늘을 날 수 있게 해주는 아티팩트예요."

"데이드릭처럼 소환하는 방식입니까?"

"네, 아이니를 이긴 대가로 드린 최고급 아티팩트랍니다. 이름을 부르면 소환돼요."

"제왕의 날개."

전율이 제왕의 날개를 소환했다.

그러자 그의 등에 푸른빛으로 이루어진 거대한 날개 한 쌍이 나타났다.

전율은 제왕의 날개가 가지고 있는 능력을 살펴보았다.

[제왕의 날개—〈S+등급〉 데이드릭의 파편으로 만들어진 아티팩트이지만 그 능력은 데이드릭 이상이다. 착용하는 이를 광속의 속도로 비행할 수 있게 해주며 신체 능력과 착용자가 사용할 수 있는 모든 능력, 아울러 마법 저항, 물리, 마법 방어력이 전부 50% 상승된다.]

"장난 아니군."

신체 능력, 오러, 마나, 스피릿, 마법 저항, 물리, 마법 방어력이 50%나 상승되는 것도 혀를 내두를 정도인데 광속의 속도로 비행까지 가능하게 해주는 아티팩트라니, 충분히 S+등급을 받을 만했다.

"선물은 마음에 드나요?"

"아주 마음에 듭니다."

"다행이네요."

"아이니를 이겨서 얻게 되는 힘이 이런 것이었다면 진작 도전했을 겁니다."

"다시 한 번 축하드려요. 그리고 전율 님은 제가 보아온 모험가 중 가장 강한 힘을 가진 분이에요."

"그렇습니까?"

"그럼요. 한 가지 물어보고 싶은 게 있어요."

"무엇이죠?"

"왜 오늘, 아이니에게 도전하려는 마음을 먹은 거죠? 스스로 충분히 강해졌다고 믿었다는 것, 단지 그 이유 하나 때문이었나요?"

전율이 가볍게 고개를 저었다.

"아닙니다."

"들려주실 수 있을까요?"

"아이니를 제압하고 얻은 힘으로 데모니아에게 본격적인 반격을 하기 위함이었습니다."

"본격적인 반격이라 함은 무슨 뜻이죠?"

사실 지금도 레모니아의 도움을 받아 성장한 모험가들은 마스터 콜을 이용하면서 외계 종족들을 섬멸해 나가는 중이다.

지하 11층부터는 데모니아를 따르는 외계 종족들이 상주하는 행성으로 보내진다.

그리고 목숨을 건 전투를 벌인다.

지금 전율과 레모니아가 대화를 하는 이 순간에도 마스터 콜에 접속한 수많은 모험가가 외계 종족의 수를 줄여 나가는 중이었다.

하지만 그것은 데모니아의 힘을 크게 약화시킬 순 없었다.

죽어나가는 수만큼 새로운 외계 종족들이 영입되고 있었기 때문이다.

우주는 감히 인간이 상상할 수 없을 정도로 넓고 생명체가 살아가는 행성 또한 많았다.

때문에 데모니아가 무력으로 제압할 수 있는 외계 종족 또한 넘쳐 났다.

그렇기에 데모니아는 레모니아가 그녀의 군단을 죽여 나가는데도 그저 방관하고 있는 것이었다.

물론 그 이외에도 큰 힘을 쏟을수록 사라지지 않기 위해 붙잡고 있는 데모니아의 수명이 줄어들기에 거동을 최소화하는 이유도 없진 않았다.

데모니아는 원래 이미 사라 없어졌어야 할 존재다.

그리고 후대 데모니아에게 어둠의 힘을 물려줬어야 한다.

그럼에도 다른 생명체의 정기를 흡수하며 그 수명을 억지로 늘려 나가는 중이었다.

그렇게 자연의 섭리를 역행하며 얻은 생명은 그녀가 어둠의 권능을 조금만 사용해도 무섭게 빠져나갔다.

이러한 상황이니만큼 일전에 마스터 콜을 침입했던 건 엄청난 결심이 필요한 일이었다.

어찌 되었든 그런 사정을 전율도 어느 정도는 알고 있는 터였다.

데모니아는 왕좌의 자리에 앉아 손가락 하나 까닥하지 않으면서 자신의 군대에게 지시만 내린다. 그 군대들은 다른 행성을 침략해 생명을 죽여 그 에너지를 데모니아에게 공급하거나, 지배해서 또 다른 데모니아의 군대로 만들어 버린다.

전율은 그 악순환을 이제 끝내고 싶었다.

외계 종족이 지구를 침략하기 전에 악의 근원인 데모니아를 잡고 싶었다.

그래서 아이니를 이겼고, 힘을 얻었다.

그는 자신을 바라보는 레모니아에게 한 자 한 자 힘을 주어 말했다.

"데모니아를 잡으려 합니다."

"언니를요?"

"네."

"가능할까요?"

"불가능하겠습니까?"

전율이 반문했다.

레모니아는 그런 전율을 가만히 바라보다가 고개를 살짝 모로 꺾었다.

"글쎄요, 어떨까요."

긍정적인 반응은 아니었다. 하지만 전율의 가슴속에서 희망이 자라났다. 부정적인 반응 역시 아니었기 때문이다.

이전의 전율이 똑같은 질문을 했다면 그녀는 단칼에 그건 무리라고 대답했을 것이다.

그러나 이제 전율의 힘이 데모니아와 대적할 수는 있을 만큼 거대해졌고, 레모니아는 그것을 확실히 느끼고 있었다.

"저는 지금 당장에라도 데모니아에게 가고 싶습니다."

결연한 의지를 보이는 전율의 양쪽 어깨를 레모니아가 살짝 내리눌렀다.

"그건 힘들 거예요."

"어째서입니까?"

"데모니아는 혼자가 아니니까요."

"저한테도 어빌리티 멘들이 있습니다. 게다가 마스터 콜을 이용하는 모든 모험가가 함께 찾아간다면 승산이 있지 않겠습니까."

"물론 그렇죠. 하지만 데모니아의 군단은 모험가들보다 수가 훨씬 많아요. 게다가 데모니아의 직속 호위군단들의 힘은 어마어마하죠. 혹시 제 반응을 보고 그녀와 일대일로 싸웠을 때 이길 가능성이 있다고 생각하셨나요?"

"그렇습니다."

"절대 그렇지 않아요. 저는 천억분의 일의 확률로 이길 수 있을지도 모르는 가능성이 보여서 무조건 진다고 하지 않았을 뿐이에요."

천억분의 일이면 실상 무조건 진다고 해도 다를 게 없는 수준이다.

"이런 상황인데 그녀의 친위대와 외계 종족들까지 상대하겠다구요? 말도 안 돼요."

"그렇군요. 제가 잠깐 오해했습니다."

혹시나 했던 전율의 기대가 유리장처럼 깨져 버렸다.

이미 그는 모든 잠재 능력을 극한까지 끌어 올린 상황이다. 한데 그럼에도 데모니아를 상내로 이길 가능성이 희박하다면, 대체 어찌해야 한단 말인가?

절망이라는 단어가 전율의 머릿속을 지배했다.

"하지만 전율 님의 데모니아를 이길 방법이 전혀 없는 건 아니에요."

"천억분의 일의 확률이라면 방법이 없는 것과 마찬가지입니다."

사람 기를 다 죽여놓고 이제 와서 무슨 위로를 해주려고 저러나 싶었다.

하나, 레모니아는 어설픈 위로의 말을 건넨 것이 아니었다.

"전율 님이 혼자였다면 천억분의 일의 확률이 맞겠죠. 하지만 전율 님은 혼자 싸우시지 않잖아요."

"소환수들을 말씀하시는 겁니까?"

"그래요."

전율에겐 전투에 가담할 수 있는 소환수들이 열한 마리나 있었다.

게다가 하나하나 쟁쟁한 힘을 자랑하는 녀석들이었다.

하지만 그 소환수들은 전부 전율보다 약했다. 아무리 그들의 힘을 더해 싸운다 해도 크게 의미가 없을 게 뻔했다. 레모니아가 그걸 모르지는 않을 터.

하면 그녀는 대체 무얼 말하는 것일까?

고민하던 전율이 혹시나 해서 물었다.

"일체화를 염두에 둔 것인가요?"

레모니아가 빙그레 웃으며 고개를 주억거렸다.

"맞아요. 하지만 단순한 일체화로는 안 돼요."

"단순한 일체화로는 안 된다?"

"거기에 대한 답은 스스로 찾아보도록 해요."

"알려주시는 김에 전부 알려주시죠."

"그럴 수 없어요."

"왜 그렇죠?"

"제가 생각하는 방법은 자칫 잘못했다간 전율 님의 목숨을 앗아 갈 수도 있기 때문이랍니다."

전율은 그런 건 상관없으니 말을 해달라 부탁하고 싶었다.

하지만 레모니아의 눈엔 어떠한 경우에도 절대 대답해 주지 않겠다는 의지가 가득했다.

그걸 전율이 읽어버린 순간 그녀는 잔잔한 미소를 띠운 채 유령처럼 사라졌다.

공동 안에 홀로 남은 전율이 쓸쓸한 걸음을 옮겨 밖으로 나왔다.

대체 그녀가 알고 있는 방법이 무언지, 전율은 몹시도 궁금했다.

Chapter 70.
반격 준비

Return Raid
Hunter

　시간은 유수처럼 빠르게 흘러 어스 뱅가드가 이름을 드높인
지도 2년이 지났다.

　그동안 지구는 외계 종족의 침략을 두 차례 더 받게 되었다.

　그때마다 전율이 이끄는 어빌리티 멘 군단이 외계 종족을
빠르게 처리했다.

　하지만 침공하는 외계 종족의 레벨은 전생과 달리 몇 단계
씩을 건너뛰었다.

　맞서 싸우는 지구인들의 수준에 맞춰 데모니아가 침략하는
외계 종족의 레벨을 조종한 것이다.

　때문에 아무리 대단한 어빌리티 멘들이라 하더라도 지구인
의 희생 없이 전쟁을 마무리 지을 순 없었다.

그러는 과정에서 전 세계는 외계 종족의 침공에 대한 사실을 알게 되었다.

허구 속에서나 일어나던 일이 현실화됨에 따라 세상은 벌컥 뒤집혔다. 사람들은 패닉에 빠졌고 모든 경제가 마비되었다.

이를 해결하기 위해서는 시민들의 불안을 달래줄 수 있는 방도가 필요했다.

그래서 어스 뱅가드는 그 존재를 수면 밖으로 드러냈다. 그에 따라 당연히 어빌리티 멘들도 세상에 알려지게 되었다.

지구를 침략한 외계 종족을 격퇴한 것이 군대가 아닌 어빌리티 멘이었다는 것에 사람들은 혀를 내둘렀다.

아울러 하나하나 공개되는 그들의 능력에 또 한 번 놀라고 말았다.

어빌리티 멘늘은 초능력, 그 이상의 힘을 갖고 있었다.

일반인의 상식으로는 도저히 받아들이기 힘든 현상인지라 일각에선 그것이 불안한 시국을 안정시키기 위해 만든 거짓 영상이라는 주장도 나왔다.

하지만 마지막으로 치러진 어빌리티 멘과 외계 종족의 전쟁을 인터넷 생중계로 전 세계에 송출시킴으로써 거짓 영상에 관한 주장은 그 힘을 잃고 말았다.

어빌리티 멘은 그 존재에 대해서는 알려졌으나 신상에 관해서는 철저하게 보호받았다. 개개인의 정체가 알려지면 일상생활 자체가 힘들어지는 건 자명하기 때문이다.

때문에 인터넷으로 송출된 마지막 전투 영상 속의 어빌리티 멘들은 전부 똑같은 모양의 가면으로 얼굴을 가리고 있었다.

어찌 되었든 어스 뱅가드는 이제 명실상부한 지구방위연맹 기지가 되었다. 어스 뱅가드가 세상 밖으로 모습을 드러낸 뒤, 다른 음지의 세력들도 하나둘 기지개를 켰다.

그 세력들은 자연스레 어스 뱅가드의 산하 조직으로 흡수되었다.

지금은 지구인들끼리 파워 게임을 할 때가 아니었다. 최대한 힘을 모아 연합해야 할 때였다. 해서, 세계에서 가장 거대한 힘을 가진 어스 뱅가드를 시기 질투하거나 괜히 할퀴어 흠집을 내려는 세력은 존재치 않았다.

시간이 흐를수록 어빌리티 멘의 수는 계속해서 늘어나 이제 그 수는 14만을 넘어섰다.

그 정도면 마더의 메모리에 기억된 대부분의 어빌리티 멘들을 찾아낸 것이다.

어빌리티 멘 중에는 유지연과 시저도 있었다. 전생의 미라클 엠페러였다.

전율은 전생에서 과거로 회귀할 당시 유지연의 뇌전 마법 능력과, 시저의 테이밍 능력을 전이받았다.

둘 다 지금의 전율을 있게 해준 고마운 이들이었다.

그리고 지구를 위해 최후까지 목숨을 던져 가며 싸웠던 용감한 이들이기도 했다.

그들은 이능력자로 각성을 하면서부터 확실히 남들과는 성장 속도 자체가 달랐다.

괜히 미라클 엠페러의 자리에 올랐던 이들이 아니었다.

댄젤과 유지연, 그리고 시저는 전생에서도 그랬듯 이번 생에서도 셋이 자주 어울려 다녔다.

그들에겐 왠지 모르게 서로 끌리는 무언가가 있는 모양이었다.

세 사람은 오로지 더욱 강해지기 위해 열심히 노력했다. 그 결과 초창기 이능력자들보다 늦게 어빌리티 멘이 되었음에도 불구하고 지금은 그들을 모두 제친 뒤, 선생의 자리에 올라 있었다.

어빌리티 멘의 현 구조는 리더인 전율을 필두로, 그 밑에 열한 명의 사범이 있고, 다시 사범 밑으로 백십 명의 선생이 존재했다. 선생의 아래로는 또다시 삼천 명의 조교가 있었고, 그 아래로는 전부 가르침을 받는 일반 유닛이었다.

어빌리티 멘이 거주하는 공간 역시 그 규모가 전과 비교할 수 없을 만큼 거대해졌다.

처음에는 신북읍의 노는 땅을 전부 사들여 새로운 건물을 계속 세워 나가는 식이었으나, 그것으로도 부족해서 춘천의 다른 지역 땅까지 매입해야 했다.

사실 어빌리티 멘의 숙소가 꼭 춘천이어야 할 필요는 없었다.

하지만 전율은 어빌리티 멘을 반드시 자신이 관리해야 한다며 필히 숙소는 춘천 땅을 벗어나지 않게 해달라 당부했다.

어스 뱅가드에서 전율의 말은 곧 법이었다.

아무도 그의 말을 무시할 수도, 가벼이 여길 수도 없었다.

어빌리티 멘이 자리를 잡기 전까지 춘천에 사는 인구수는 24만 정도였다.

한데 14만이나 되는 어빌리티 멘이 자리를 잡았으니, 여기저기 노는 땅을 최대한으로 사들여 새 건물을 올리는 것 외엔 그들을 수용할 수 있는 방법이 없었다.

전율은 오늘도 어빌리티 멘들을 양성하는 데 총력을 기울이고 있었다.

14만의 어빌리티 멘들은 빠르게 성장했고, 이제 가장 약한 그룹의 유닛들이 혼자서도 지하 5층을 클리어할 수 있는 수준에 달했다.

전율은 마스터 콜을 이용해 그야말로 괴물 같은 무적 군단을 만들어 나갔다.

전생과 비교해 보면 어빌리티 멘의 전투력은 수백 배 이상 차이가 났다.

하니, 이제는 어지간한 외계 종족이 침공해 온다 해도 막아낼 자신이 있었다.

그러나 방어에만 치중해서는 끝이 나질 않는다.

어빌리티 멘이 성장해 나가는 것만큼 데모니아도 군단의 덩치를 불리고 있다.

결국 답은 하나.

'데모니아를 잡아야 한다.'

전율은 그 생각으로 머릿속이 가득 차 있었다.

1년 반 전, 레모니아는 전율의 모든 능력과 잠재력이 백 퍼센트 개방되었음에도 데모니아를 당해내기는 어렵다고 했다. 하지만 한 가지 방법이 있다고도 얘기했다.

'그 비밀은 일체화에 있다고 했었지.'

전율은 그것이 무언지 어렴풋이 짐작할 수 있었다.

그러나 섣불리 데모니아에게 도전할 수 없었다.

아직 어빌리티 멘들의 성장도가 전율이 생각하는 수준에 이르지 못했던 것도 있지만, 목숨을 걸어야 한다는 레모니아의 경고가 마음에 걸렸기 때문이다.

당시에는 자신이 죽어도 상관없으니 방법을 일러달라 하고 싶었다.

한데 다시 생각해 보니 과연 목숨까지 걸어가며 데모니아를 상대해야 하는가에 대한 의문이 일었다.

죽는 것은 두렵지 않았다.

그의 결심을 흔드는 것은 지금껏 그래왔듯이 가족이었다.

전율이 죽고 난 뒤에 남아 있을 가족들이 과연 행복할 것인지 알 수 없었다.

그렇다고 데모니아의 목을 치지 않을 수도 없는 일이다.

이제는 어빌리티 멘들도 어둠의 군단과 정면으로 대적할 수 있을 만큼 성장했다.

결론을 내려할 때가 왔다.

모든 업무가 끝나고 신북읍에 있는 개인 숙소에 돌아온 전율은 깊은 고민에 빠졌다.

땅거미가 몰려온 시간부터 다시 동이 틀 때까지 고민은 계속되었다.

그리고 비로소 가야 할 길을 찾았다.

'데모니아를 친다.'

아무리 생각해도 그게 맞았다.

레모니아의 말대로 목숨을 걸어야 할지도 모른다. 그가 죽으면 남겨진 가족의 후일은 슬픔으로 점철될지도 모른다. 하지만 애초에 전율은 가족을 살리기 위해서 데모니아를 막으려 했던 것이다.

전생에서는 가족들이 모두 죽고 개차반같이 살았던 자신만 살아남았다.

'이번 생에서는 내가 죽더라도 가족들을 전부 살린다.'

어차피 전율이 죽음 후의 일들을 두려워해 이런 식으로 버텨 나간다면 다음번 외계 종족의 침략으로 유명을 달리할 이들은 자신의 가족이 될지도 모를 일이다.

그는 마음을 굳혔다.

자신의 모든 것을 걸어 데모니아의 목을 꺾어버리기로.

*　　　*　　　*

머릿속이 복잡했던 탓이다.

전율은 점심나절이 되어서야 의자에 앉은 채 겨우 선잠에 들었다.

꿈속에서 그는 매우 익숙한 공간에 서 있었다.

시작과 끝이 없이 사위가 온통 하얀빛으로만 채워진 곳.

그곳은 레모니아의 영역이었다.

마스터 콜에 들어서기 전 늘 한 번은 거쳐 가야 하는 장소이기도 했다.

"마음의 결정을 내렸네요."

레모니아의 음성이 들려왔다. 이어 자연스럽게 나타난 그녀가 전율의 앞에 섰다.

"그렇습니다."

전율이 간결하게 대답했다.

"그래서 불렀어요, 이곳으로. 전율 님의 의지와 상관없이 호출해서 미안해요."

"괜찮습니다."

"언제 움직이실 건가요?"

"최대한 빨리 전쟁을 시작할 겁니다."

"제 도움이 필요할 거예요."

안 그래도 전율은 레모니아를 만나려 했다.

현재 지구의 기술로는 데모니아가 어디에 있는지 알아내는 것 자체가 불가능했고, 설사 알아낸다 하더라도 그녀의 본거지까지 찾아갈 수가 없었기 때문이다.

이 부분에 대해서는 절대적으로 레모니아의 도움이 필요했다.

그녀는 데모니아가 어디에 있는지 알고 있을 것이며, 그곳으로 전율을 비롯한 어빌리티 멘들을 보내주는 것이 가능할 것이 분명했다.

결국 레모니아는 전율의 의지와 상관없이 그를 호출했다 말했으나, 사실 전율이 그녀의 도움을 필요로 하는 걸 알고 만남의 장을 연 것이다.

"전 전율 님이 원하는 것을 들어줄 수 있어요. 이미 그대가 죽음을 각오했다면 말이에요."

"충분히 각오하고 있습니다."

"좋아요. 도와주도록 하죠. 단, 조건이 하나 있어요."

"무엇입니까?"

"당신이 지금 하려는 행동에는 큰 책임이 따른다는 걸 잘 알고 있죠?"

조건이 있다더니 갑자기 이건 무슨 뜬구름 잡는 소리인가 싶었다. 하지만 그녀는 농담을 즐기는 성격은 아니다. 해서 전율은 순순히 대답했다.

"알고 있습니다."

"그럼 이왕 책임지는 거 그보다 더 큰 짐을 지고 가보시는 게 어떻겠어요?"

"무슨 얘기시죠?"

"제가 마스터 콜을 만들고 모험가들을 모아왔던 이유가 무언지 잊지 않으셨죠?"

그제야 전율은 레모니아가 무엇을 원하는지 알 수 있었다.

"모험가들을 제 배에 태우시려는 겁니까?"

"맞아요. 이번 데모니아 토벌대에 어빌리티 멘뿐만 아니라 모든 모험가들을 이끌고 가주세요. 그대가 모든 모험가들의 리더가 되어주세요."

역시나.

전율은 선뜻 대답하지 못했다.

사실 어빌리티 멘을 이끌고 가는 것만 해도 그에게는 부담이었다.

어비릴티 멘들은 전율의 한마디면 죽음도 불사할 이들이다. 물론 그 이유는 전율의 말에 절대 복종해야 한다는 최면에 걸려 있기 때문이다.

전율은 무작정 자기 자신과 가족들의 목숨만 중요하다고 여기는 이기적인 인간은 아니었다.

그를 따라주는 모든 이들의 목숨이 무겁고 소중했다.

그래서 더더욱 어빌리티 멘들을 빠르게 성장시키려 했다. 외계 종족과의 전쟁에서 그들을 한 명이라도 덜 잃고, 더 살리고 싶었다.

하지만 이번의 전투는 많은 희생을 각오해야 한다.

전율 스스로도 목숨을 걸었다.

피할 수 없는 일이라지만 사라져야 하는 생명 하나하나가 전율에겐 너무나 큰 미안함이고, 아픔이고, 부담이었다.

그런데 마스터 콜의 모험가 전체를 부탁한다니.

"어려운가요?"

레모니아가 다시 물었다.

당연히 어려웠다. 그러나 누군가는 책임져야 할 일이다. 전율은 더 이상 망설이지 않기로 했다.

"제가 하겠습니다."

"그렇게 대답해 주실 거라 믿었어요. 그대의 시간으로 일주일 후. 모든 모험가들을 에르펜시아로 소집할 거예요. 그때가 어둠의 군단과 전면전을 펼치는 날이 될 거예요."

날짜까지 떨어졌다.

"알겠습니다."

드디어 모든 반격의 준비가 끝났다.

Chapter 71.
전면전

약속의 날이 밝았다.

전율을 비롯한 모든 어빌리티 멘과 전 우주의 모험가들은 모두 에르펜시아로 집결했다.

그렇게 모인 모험가의 수는 총 1억 6천이 넘었다.

우주적 규모치고는 상당히 적은 수였다.

그만큼 모험가의 기준에 부합되지 않는 외계 종족이 많았기 때문이다. 게다가 모험가의 기준에 부합되었다고 해도 에르펜시아에 발을 들일 수 있는 건 지하 1층을 클리어한 이들뿐이다.

아직 지하 최상층을 클리어하지 못한 모험가들은 이 자리에 참석할 자격이 없었다.

물론 머리 하나가 아쉬운 판이지만 자격 요건이 되지 않는 이들을 집어넣는 건 전쟁에 도움이 되기는커녕 발목을 잡을 뿐이다.

데모니아와의 전쟁은 어중이떠중이들의 수만 늘린다고 해결될 성질의 것이 아니었다.

그렇다고는 해도 수적 열세가 심하기는 했다.

데모니아는 어떤 외계 종족이든 침략해서 지배해 하수인으로 부린다.

개중 강한 녀석들은 어둠의 군단으로 편성하고 약한 녀석들은 잡아먹어 생명력을 유지하거나 타 행성의 정찰꾼으로 보낸다.

그렇다 보니 수적으로 어둠의 군단에게 밀릴 수밖에 없었다.

에르펜시아를 가득 채운 모험가들은 안면이 있는 이들끼리 모여 수다를 나누면서 레모니아를 기다렸다.

오랜 시간이 지나지 않아 레모니아는 흰 줄기 빛꾀 함께 만인의 앞에 모습을 드러냈다.

모든 이의 시선이 일제히 레모니아에게 향했다.

그녀는 언제나 그렇듯 포근하게 미소 지으며 입을 열었다.

"이렇게 용기 내어주셔서 감사드려요, 모험가 여러분. 지하 1층까지 클리어한 모든 모험가들께서 와주신 건 아니지만 전이 전쟁에 필요한 소중한 병사들을 강제 징병하기는 싫답니다. 목숨을 잃을 수도 있으니까요. 다들 그 정도 각오는 하셨으리라 믿어요."

모험가들은 아무 말 없이 레모니아의 말을 경청했다.

그들의 눈동자엔 목숨을 걸고서라도 데모니아를 막겠다는

결연한 의지가 담겨 있었다.

그것이 대답을 대신했다.

"전 여러분들을 괜한 말로 안심시킬 생각이 없어요. 우리가 처한 현실을 있는 그대로 말씀드릴 거예요."

"저도 그러길 원합니다!"

모험가 중 누군가가 모두의 마음을 대변하듯 소리쳤다.

레모니아의 말은 계속 이어졌다.

"본론부터 얘기할게요. 어둠의 군단의 수는 우리 전력의 대략 세 배 정도가 될 거예요."

1억 6천의 세 배면 족히 5억은 된다는 얘기다.

"하지만 그것은 우리가 데모니아를 급습했을 때 당장 전투에 참여 가능한 인원이고, 전쟁이 길어지면 다른 행성의 원군들이 몰려올 거예요. 그 시간은 많이 잡아봤자 한 시간."

"한 시간?"

"말도 안 돼. 너무 짧잖아."

"이건 그냥 죽으러 가란 얘기 아니야?"

모험가들이 여기저기서 술렁였다.

"다들 입 다물고 끝까지 얘기를 듣는 게 좋을 것 같은데."

그때 힘이 실린 목소리가 좌중을 뒤덮었다. 모험가들은 갑자기 어깨를 짓누르는 무거운 기운에 일제히 입을 다물었다.

소란스럽던 모험가들을 단숨에 제압해 버린 건 다름 아닌 전율이었다.

그는 소리를 지른 것도, 큰 목소리로 말을 한 것도 아니었다.

그저 나직이, 평소처럼 음성을 흘렸을 뿐인데 확성기라도 사용한 것마냥 그의 음성은 그 자리에 모인 모든 이에게 퍼져 나갔다.

마술이라도 사용한 것 같았으나 아니었다.

그의 몸속에 팽배한 오러의 기운이 전율의 의지에 반응해 낮은 음성을 멀리 퍼뜨린 것이다.

어쨌든 전율 덕분에 레모니아는 다시 말을 이어나갈 수 있었다.

"어둠의 종족과 벌이는 전쟁은 속전속결. 그렇게 오랜 시간 이어지지 않을 거예요. 데모니아의 보금자리를 침공하면 그녀는 뒤에서 팔짱만 끼고 있을 것 같나요? 처음부터 자신의 군단과 함께 전력을 다해 나설 거예요. 그녀가 나서는 이상 아무리 거나란 규모의 전투라 할시라도 한 시간을 넘기는 경우는 없을 거랍니다."

전율은 이미 데모니아의 무서움을 익히 겪어보았다.

때문에 그녀가 얼마나 어마어마한 힘을 가지고 있는지 잘 알고 있었다.

하지만 두렵지는 않았다.

이미 죽음을 각오한 터였다.

게다가 속수무책으로 당하던 그때와 비교하면 지금의 전율은 하늘과 땅 차이로 성장했다.

레모니아는 그럼에도 불구하고 전율이 데모니아를 이길 확률은 천억분의 일이라 했지만 전율은 그 말을 곧이곧대로 듣지 않았다.

'그녀는 원체 자기 사람을 아끼는 여인이야.'

아마도 자신이 더욱 조심했으면 하는 마음에서 과장을 했을 것이다. 전율이 그런 생각에 빠져 있을 때였다.

"전율 님."

"네?"

언제부터 다가와 있었는지 레모니아는 전율의 지척에 다다라 그를 빤히 바라보았다.

게다가 한 손은 전율의 옆구리에 살포시 대고 있었다.

"제 움직임 보셨나요?"

전율이 천천히 고개를 저었다.

"데모니아는 저보다 강한 힘을 가졌답니다. 일대일로 싸웠을 때 이길 확률이 천억분의 일이라 말했던 건 과장이 아니에요."

"…그렇군요."

전율은 씁쓸하지만 인정할 수밖에 없었다.

살짝 힘 빠진 전율의 어깨를 레모니아가 토닥여 주었다.

"기운 내세요. 당신은 빛의 군단을 이끌어야 할 리더니까요."

레모니아의 얘기에 주변에 있던 모험가들이 서로 시선을 교환했다. 전율이 리더가 된다는 건 금시초문이었기 때문이다.

"전달이 늦었네요. 정식으로 소개할게요. 앞으로 모험가 여러분을 선봉에서 이끌어줄 리더 전율이에요. 이곳에서는 독식의 사신이라는 악명을 떨치고 있죠? 독단적 선택을 해서 미안하게 생각하고 있어요. 하지만 전율 님보다 더 적합한 리더를 찾을 수가 없었네요. 다들 어떻게 생각하시나요?"

레모니아의 물음에 모험가들의 표정이 애매해졌다.

까놓고 얘기해서 모험가들은 전율을 그다지 좋아하지 않는다. 그가 있는 전장은 늘 원맨쇼가 되어버리기 때문이다. 하지만 그만큼 전율의 강함이야 두말하면 입 아플 정도로 확실했다.

그가 싫어도 리더로서 가장 어울리는 인물이라는 건 부정할 수 없는 사실이었다.

모험가들은 복잡한 심경에 아무 말도 못 하고 눈치만 살폈다.

"반대 의견 없으신가요?"

레모니아가 마지막으로 한 번 더 물었다.

여전히 모험가들은 말을 아꼈다. 그들의 마뜩잖음과 상관없이 전율을 대신할 만한 사람이 없었던 것이다.

결국 리더는 전율이 맡는 것으로 결정되었다.

어찌 보면 번갯불에 콩 볶아 먹듯 진행된 상황이었으나 지금에 와서 불만을 제기한다고 더 나은 대안은 없기에 다들 수긍하기로 했다.

"그럼 작전에 대해 얘기해 볼까요?"

중요한 대목이었다.

다들 전쟁의 구체적인 작전에 대해서는 알지 못했다. 레모니아가 어떤 작전을 세웠는지 잔뜩 기대하고서 그녀의 입만 바라보았다.

한데, 그런 기대감을 레모니아는 완벽하게 짓밟아 버렸다.

"사실 작전 같은 거 딱히 없네요."

"딸꾹!"

누군가 너무 놀라 딸꾹질을 해댔다. 이어 좌중이 술렁이기 시작했다. 농담 따먹기를 하자는 것도 아니고 지금 이런 중요한 시국에 아무런 작전도 없이 목숨 건 전쟁을 펼치러 가자니? 과연 그녀가 제정신은 맞는 건지 의심하게 되는 상황이었다.

하지만 전율을 포함한 몇몇은 그저 피식 웃음을 흘렸다. 그녀의 말이 무슨 의미인지 파악했기 때문이다. 그들과 달리 머릿속이 혼란스러워진 모험가 한 명이 질문을 건넸다.

"작전이 없으면 어떻게 싸우라는 겁니까?"

레모니아가 대답했다.

"작전이 아무런 의미가 없는 전쟁이기에 세울 필요가 없었답니다."

"그건 무슨 말이죠?"

"한 시간이면 끝나는 전쟁에 무슨 작전이 필요하겠어요? 무작정 돌진이에요. 눈 한 번 깜빡하면 수백, 수천 명이 죽어나가요. 죽기 전에 적군을 한 명이라도 더 죽이는 것. 그게 그나마 그럴듯한 작전이겠네요."

"아⋯⋯."

질문을 던졌던 모험가는 쩍 벌린 입을 한참 동안이나 다물지 못했다.

레모니아의 말을 듣고 보니 이건 전쟁이라기보다 엄청나게 판이 큰 개싸움이었다.

이 자리에 있는 그 누구도 이런 어처구니없는 전쟁을 겪어본

이가 없었다.

"제가 여러분에게 해드릴 수 있는 건 데모니아가 몸을 숨기고 있는 어둠의 근원 속으로 보내 드리는 것뿐이에요. 그리고 해줄 수 있는 말은 부디 데모니아를 소멸시켜 달라는 것. 염치가 없어서 살아 돌아오란 당부는 못 하겠네요."

그녀의 마지막 한마디엔 미안한 감정이 가득 담겨 있었다.

하지만 그 누구도 그녀에게 뭐라 하지 못했다.

애초에 여기 있는 이들 모두 마스터 콜에 응해 모험가가 되었던 건 데모니아에 맞서 자신의 행성을 지키기 위해서였다.

그들은 지금, 데모니아가 자신들의 행성을 공격하기 전 선수를 치려 하고 있었다.

물론 레모니아가 몇 번이고 강조했던 것처럼 목숨을 부지하기는 힘들 것이다. 하나, 자신의 희생으로 데모니아가 소멸되고, 그로 인해 고향 행성이 무사할 수 있다면 그것으로 족했다.

"마지막으로 전율 님께 리더로서의 사명을 다할 수 있도록 선물을 하나 드리도록 하죠. 손을 주세요."

전율은 순순히 손을 내밀어 레모니아에게 내밀었다. 레모니아의 희고 고운 손이 전율의 손 위에 살포시 포개어졌다. 그녀가 허공을 응시하며 누군가를 불렀다.

"페이."

레모니아의 청아한 음성이 울려 퍼졌다. 그에 응답이라도 하듯 아름다운 오색빛이 허공에 나타나 서로 어우러져 뒤엉키더니 곧 손바닥만 한 작은 요정으로 변했다.

모험가들의 시선을 사로잡은 아름다운 요정은 레모니아의 어깨에 살포시 내려앉았다.

　전율이 요정의 얼굴을 가만히 살펴봤다.

　오밀조밀 귀여운 이목구비에 허리까지 내려오는 금발머리와 조금 심술 가득해 뵈는 금안이 인상적이었다.

　등에는 투명한 두 쌍의 거대한 날개가 달려 있었다.

　"뭘 그렇게 보시죠?"

　냉담한 요정의 말에 전율은 흠칫 놀랐다. 그녀의 음성은 익히 들어본 적이 있었기 때문이다. 문득 전율은 레모니아가 그녀를 어떻게 불렀는지 상기했다.

　"페… 이?"

　"겨우 알아보시는군요."

　그랬다.

　그녀가 바로 던전의 관리자 페이였다.

　"요정이었어?"

　"무례하시네요. 보통 요정이 아니라, 모든 요정을 다스리는 페어리 퀸이에요."

　"페어리 퀸?"

　페이가 요정이었다는 것도 놀라운 일인데, 무려 페어리 퀸이란다.

　"그래요. 그동안 던전 관리하느라 쉴 시간이 없었는데 비로소 안식에 들 수 있겠네요."

　레모니아가 페이와 시선을 맞추었다.

"그토록 앙숙같이 지내던 모험가였는데 괜찮겠어요? 그가 안식의 터전이 되어도."

"어쩔 수 없죠. 이게 제 운명이라면 받아들이는 게 맞을 테니까요. 사적인 감정 때문에 대업을 그르치는 바보짓은 안 할 겁니다."

두 사람의 대화에 전율이 끼어들었다.

"그게 무슨 소리죠? 제가 페이의 안식처가 된다니?"

"전율 님께 제가 선물을 드린다고 했죠? 그건 페어리 퀸인 페이의 힘이랍니다. 페이는 사실 오래전에 죽었어야 했던 운명이었으나, 제가 마법의 힘으로 그녀를 던전에 붙잡아두고 관리자로 앉혔죠. 하지만 최후의 결전을 벌이는 이때 그녀는 더 이상 던전을 관리할 필요가 없어졌어요."

"그래서요?"

"그래서 페어리 퀸은 대지에 잠들어야 하죠. 그녀의 에너지는 대지 전체로 퍼져 나가 새로운 생명을 자라나게 해주는 영양분이 되는 것이죠. 하지만 지금 그녀가 잠들 대지는 존재치 않는답니다. 그녀의 땅은 오래전 외계 종족의 침략을 받아 소멸되었거든요. 해서 저는 그녀의 안식처를 대지 대신 이런 날이 오게 되는 날, 전쟁의 선봉에 서는 사람의 육신으로 정해주었답니다."

"설마."

"맞아요, 전율 님. 페어리 퀸은 그대의 몸에 잠들 것이고, 그녀의 힘은 고스란히 그대의 육신으로 스며들 거예요. 거대한 행성의 모든 대지에 퍼져 나가는 거대한 에너지예요. 그대에게 큰 도움이 될 거예요."

레모니아의 말이 끝나자마자 페이가 전율의 코앞으로 날아왔다. 그와 거의 동시에 모험가들 틈에 섞여 있던 이제린도 전율의 곁으로 성큼 다가왔다.

나란히 서 있는 두 사람을 확인한 페이의 미간이 찌푸려졌다.

"두 분, 연인이 되셨다죠. 던전에서 그렇게 연애질 하더니 결국 이렇게 되었군요."

전율이 멋쩍게 미소 지었다.

"그래."

"정말 마음에 안 드는 것투성이지만 더 이상은 버틸 수가 없네요. 눈이 자꾸 감겨와요. 이제 정말 깊은 안식에 들 때가 되었어요. 전율 님. 부디 제 힘을 허투루 사용하지 말아주세요. 이건 협박이에요."

"데모니아를 못 잡으면 무덤에서 살아 돌아올 것 같군."

"정말 그럴 거니까 각오 단단히 하고 싸우세요."

"그러도록 하지."

페이가 전율의 얼굴을 양팔로 감싸 안았다. 작고 앙증맞은 그녀의 몸에서 환한 빛이 일었다. 빛은 점점 더 밝아지더니 페이의 몸 자체가 빛 무리로 변해 전율의 얼굴 안으로 스며들었다.

전율은 여태껏 한 번도 느껴보지 못했던 거대한 기운이 파도처럼 몸 안으로 밀고 들어오는 것을 느꼈다.

'상상했던 것보다 더 커.'

전율은 몸 안에 팽배해진 기운을 갈무리하기 위해 자리에 곧은 자세로 앉아 눈을 감았다. 그렇게 몇 시간이 흐른 뒤, 모든 기운을 오러, 마나, 스피릿에 고루 분배한 전율이 다시 눈을 떴다.

그가 상태창을 열었다.

〈전율 님의 능력치〉

[오러]
랭크 : 30(OVER MAX)
성장도 : 100%
색 : 보라색
사용 가능 기술 : 오러 피스트(Aura Fist), 오러 애로우(Aura Arrow), 오러 피스톨(Aura Pistol), 오러 버서커(AuraBerserker), 오러 플라즈마(Aura Plasma)

[마나]
랭크 : 30(OVER MAX)
성장도 : 100%
사용 가능 기술 : 뇌섬(雷殲), 속박뢰(束縛雷), 뇌암(雷暗), 뇌호(雷護), 뇌전(雷電)의 창(槍), 뇌창(雷猖), 폭뢰(爆雷), 지뢰(地雷), 뇌격(雷隔), 뇌신(雷神), 벽력멸(霹靂滅)

[스피릿]

랭크 : 30(OVER MAX)

성장도 : 100%

사용 가능 기술 : 위압(危壓), 호의(好意), 지배(支配), 최면(催眠), 신안(神眼), 일체화

테이밍 가능한 생명체의 수 : 12/무제한

테이밍된 생명체 : 초백한, 칠미호, 디오란, 환, 청룡, 백호, 주작, 현무, 해태, 봉황, 기린, 황룡.

[착용 중인 아이템]

―마갑 데이드릭〈귀속〉: S급 아티팩트. 궁극의 형태.

―마검 이슈반〈귀속〉: A+급 아티팩트. 궁극의 형태.

―투구 링시아〈귀속〉: S―급 아티팩트.

―제왕의 날개〈귀속〉: S+급 아티팩트.

*데이드릭 세트 효과 발동. 힘, 민첩성, 마력 17% 강화.

모든 능력치의 레벨이 30으로 바뀌었고, 오버 맥스라 표시되어 있었다.

한계치를 돌파했다는 뜻이다.

게다가 테이밍 가능한 소환수의 수가 무제한으로 바뀌었다.

'이건 생각지 못한 보너스군.'

전율은 스피릿으로 자기보다 정신력이 약한 대상을 소환수

로 만들 수 있다.

지금 전 우주적으로 따져 보아도 전율보다 강한 생명체는 거의 없을 것이다. 레모니아는 데모니아만을 조심하라 했지, 다른 외계 종족을 주의하란 언급은 없었다. 그것은 곧 전율에게 위협이 될 만한 외계 종족은 없다는 말이다.

따라서 전율은 전장에서 맞닥뜨리는 외계 종족들을 얼마든지 테이밍할 수 있게 된 것이다. 한참 밀렸던 수적 열세를 이 능력으로 극복할 수가 있었다.

뿐만 아니라 조하영 역시 매혹의 능력이 크게 성장한 터였다.

전율과 조하영이 열심히 적군을 매혹하고 소환수로 만들면 판이 어떻게 뒤집힐지 모른다.

혼자만의 생각에 빠져 있던 선율은 문득 얼굴이 따가웠다. 정신을 차리고 주변을 둘러보니 모든 모험가들과 레모니아, 그리고 이제린까지도 자신을 바라보고 있었다.

머쓱해진 전율이 괜한 헛기침을 흘렸다.

"흐흠."

그에 레모니아가 미소 지으며 말했다.

"전쟁에서 승리할 수 있는 방안을 떠올린 모양이군요."

"확신할 순 없지만 가능성은 충분하다고 생각됩니다."

"뭔지 듣고 싶군요."

전율은 자신이 생각하고 있는 바에 대해 레모니아는 물론이고 모든 모험가들이 들을 수 있도록 말했다.

제법 그럴듯한 작전이었기에 모험가들의 표정이 전보다 한결 밝아졌다.

레모니아도 만족하는 얼굴이었다.

"좋아요. 아주 훌륭해요. 이제 반격의 시간이 다 되었어요. 모든 준비는 끝났고 남은 건 싸워서 전 우주를 어지럽히는 어둠의 데모니아를 제압하는 것뿐이에요."

드디어 때가 왔다.

레모니아는 두 팔을 위로 들어 올렸다. 그러자 강렬한 오로라가 하늘 가득 펼쳐졌다.

"안타깝게도 저는 전쟁에 참여할 수 없어요. 여러분들을 데모니아가 숨어 있는 어둠의 근원으로 보내주었다가 다시 이곳으로 귀환시키는 데 모든 힘이 소모되기 때문이죠."

그럴 법도 했다.

지금 모여 있는 인원의 수가 억 단위다.

이들을 데모니아가 숨어 있는 공간으로 보낸다는 게 쉬운 일은 아닐 것이다.

"부디 승리의 영광을 거머쥐시길, 우주의 안녕을 지켜주시길 바랄게요."

"알겠습니다."

전율이 대표로 대답했다.

다른 이들은 전부 잔뜩 긴장된 얼굴로 나름의 각오를 다졌다.

"그럼 전송을 시작할게요."

하늘에 수놓아진 오로라가 점점 더 짙은 빛을 발했다.

그러다 한순간, 오로라는 대지 위로 내려와 모든 이를 감싸 안았다.

전율은 갑자기 정신이 아득해지는 것을 느꼈다.

그리고 어둠이 그를 집어삼켰다.

*　　　　*　　　　*

쉬익. 쉬쉬쉭. 쉬이익—

날카로운 바람 소리들이 전율의 신경을 건드렸다.

아주 잠깐 정신을 잃었던 그가 눈을 번쩍 떴다.

암흑.

주변은 온통 임흑이었다.

그럼에도 그의 뒤로 죽 늘어서 있는 모험가들의 모습을 똑똑히 볼 수 있었다. 그리고 사방에서 전율의 군단을 포위한 외계 종족의 모습도.

바람 소리는 그들의 입에서 흘러나오고 있었다.

아니, 바람 소리뿐만이 아니다. 칼로 무언가를 베는 듯한 소리. 기척을 죽이고 도둑걸음을 하는 소리. 뱀의 사앗거리며 위협하는 소리. 짐승의 낮은 울음소리 등, 사람을 심리적으로 불안하게 하는 소리들은 다 들려왔다.

그것은 적을 불안하게 만들기 위한 외계 종족의 수작질이었다. 게다가 외계 종족들은 거대한 용의 형상을 하고 있어, 보는 것만으로도 대단한 위압감이 들었다.

전율은 모험가들이 위축되지 않도록 스피릿의 힘을 호의로 치환해 전개했다.

모험가들은 덕분에 그 스산한 소리와 외계 종족의 외형에 주눅 들지 않고 정신을 똑바로 차릴 수 있었다.

전율은 외계 종족의 몸에 피어나는 붉은색 기운을 살폈다.

그간 상대했던 어떤 외계 종족들보다 강했다.

하지만 전율보다는 아니었다.

그가 호의의 기운을 위압으로 바꿔 외계 종족들을 내리눌렀다.

"크르르!"

"끄르으으으!"

점점 포위망을 좁혀오던 외계 종족들은 전율의 기운에 감히 맞서지 못하고 바들바들 떨어댔다. 그사이 위압은 다시 지배의 기운으로 바뀌었다. 공포에 질려 있던 외계 종족들의 눈에서 초점이 사라졌다. 입은 무언가에라도 홀린 듯 쩍 벌어졌다. 지배가 먹혀들어 간 것이다.

전율은 스피릿의 힘을 더욱 강하게 전개했다. 이윽고 모험가들을 둘러싸고 있던 수천만의 외계 종족과 전부 정신이 연결되었다. 수천만의 외계 종족을 단숨에 소환수로 만들어 버린 것이다.

외계 종족들의 이름은 '바르카사'였다.

힘 하나 안 들이고 바르카사 수천 마리를 얻은 전율은 이슈반을 꺼내 들고 제왕의 날개를 장착했다.

이어 사이한 기운이 강렬하게 느껴지는 깊은 어둠 속으로 비행했다. 그의 뒤를 어빌리티 멘과 모험가들이 일제히 따라왔다.

얼마 가지 않아 또다시 외계 종족 군단이 앞을 가로막았다. 이번에는 조하영이 나서서 매혹의 힘을 전개했다. 그녀의 능력에 외계 종족 중 반 이상이 홀려 같은 종족을 물어뜯기 시작했다.

모험가들은 아무것도 할 일이 없었다.

그저 팔짱을 끼고 지켜볼 뿐이었다. 결국 외계 종족은 동족상잔을 벌이다가 양패구상했다.

생각했던 것보다 전투는 훨씬 수월하게 흘러가고 있었다. 하지만 그런 조류는 계속해서 이어지지 않았다.

"버러지들이 여기가 어디라고 함부로 들어와 설치는 거지?"

스산한 음성이 공간을 뒤흔들며 태산 같은 기운이 전장을 뒤덮었다. 어둠의 주인이 모습을 드러낸 것이다.

"데모니아."

전율이 그녀의 이름을 불렀다. 데모니아의 뒤로는 5억의 외계 종족 군단이 우글거리며 따르고 있었다.

데모니아의 시선이 전율에게 박혔다. 그녀가 입꼬리를 말아 올렸다.

"너는… 마스터 콜에서 나한테 초주검이 되었던 인간이었지 아마?"

이미 전율의 이름을 알고 있을 터인데도 그런 식으로 비아냥거리는 데모니아였다.

"그때 날 죽여놓지 못한 걸 후회하게 해주마."

"빈 수레가 요란한 법이라지."

"계속해서 그렇게 건방 떨 수 있을까?"

"건방진 놈. 레모니아가 너희들을 이곳으로 보냈겠지. 그년이라면 가능할 테니까. 그런데 설마 날 잡으러 온 거야? 제 발로 불구덩이에 뛰어드는 멍청한 것들 같으니라고."

"전쟁을 말로 하나 보지?"

전율이 데모니아를 도발했다.

사실 전율은 자신을 죽음 직전까지 몰아넣었던 데모니아를 다시 마주해야 한다는 사실이 상당히 부담되었다. 그녀의 앞에서 과연 당당할 수 있을 것인지도 의문이었다. 하나, 막상 그녀를 대면하고 나니 조금도 위축되지 않았다.

페어리 퀸 페이의 힘까지 이어받은 지금, 전율은 예전의 그 애송이가 아니었다.

"짓밟아 죽여줄게."

데모니아가 사나운 미소를 지었다. 동시에 어둠의 군단이 일제히 달려들었다.

"들이받아!"

모험가들 진영에서 장도민이 크게 소리쳤다.

모험가들이 우렁찬 고함을 지르며 외계 종족에 맞서 달려나갔다.

콰콰쾅! 쿠와아앙! 우르릉!

외계 종족과 모험가들이 서로의 능력을 사용해 가며 격돌했다.

두 무리는 한 치의 물러섬이 없었고, 그만큼 피 튀기는 전투가 이어졌다.

레모니아가 예상했던 것처럼 눈 한 번 깜빡하면 수천의 생명이 죽어나갔다.

하지만 아직 모험가들의 희생은 많지 않았다.

전율이 테이밍한 바르카가 군단이 선봉에 서서 싸우고 있기 때문이다.

더불어 조하영도 외계 종족의 일부를 매혹시켜 자신의 종으로 부렸다.

"데이드릭."

전율은 데이드릭을 장착했다.

그의 전신이 묵빛의 갑옷으로 뒤덮였다.

"링시아."

이어 암흑의 투구 링시아까지 착용해 완전무장을 갖췄다.

전율은 외계 종족을 이슈반으로 베어 넘기며 적진의 중앙으로 파고들었다. 외계 종족들은 단신으로 치고 들어온 전율을 사위에서 감싸 맹공격을 퍼부으려 했다.

그 순간 전율의 비기 오르간이 시전되었다.

"오르간!"

시전어를 읊조리자마자 그의 몸이 각인된 기억을 따라 움직이기 시작했다. 전율은 지척에서 이빨을 드러낸 외계 종족의 목을 베어버리며 오르간의 첫 구결을 전개했다.

"액셀(Accel : 점점 빠르게)."

이슈반이 전과 비교할 수 없을 정도로 빠르게 움직이며 외계 종족들을 도륙해 나갔다. 한데 그 속도가 점점 더 빨라지더니 후에는 빛의 궤적만 남기기 시작했다.

"아프레타토(Affrettato : 더 빠르게)."

두 번째 구결이 이어지고 검은 이제 광속의 영역을 넘어서서 움직였다. 다가오는 외계 종족들은 이슈반에 스치기만 해도 그 부위에서부터 시작된 파동이 전신으로 퍼져 나가 가루가 되었다.

워낙 빠르게 움직이니 전율은 한 자리에 그냥 서 있는 것 같은데 외계 종족들은 갈아버린 것마냥 퍽퍽 터져 나갔기에 그 광경이 그로테스크하기 짝이 없었다.

"두라멘치(Duramente : 거칠게)."

세 번째 구결이 연계되었다.

광속을 넘어선 이슈반의 날에 실린 거친 파공성이 사방으로 퍼져 나가며 근방 50미터 내의 적들에게까지 피해를 입혔다.

가만히 서 있던 전율이 빠르게 앞으로 달려 나갔다. 그가 움직이는 궤적을 따라 사방의 적들이 터져 나가며 피의 향연이 일었다.

"페로스(Feroce : 광폭하게)."

네 번째 구결이 시작됐다.

파공성의 유효 거리가 반경 100미터로 늘어났고, 그에 따라 죽어나가는 외계 종족의 수가 배 이상 많아졌다.

이제 비기는 마지막 단계에 다다랐다.

"스타카토(Staccato : 짧고 날카롭게)."

스타카토를 외치며 제자리에 선 전율이 빙글 돌며 열 번에 나누어 수직으로 이슈반을 내려쳤다.

쾅! 쾅! 쾅! 쾅! 쾅! 쾅! 쾅! 쾅! 쾅! 쾅!

그러자 거대한 에너지 파장이 전율을 중심으로 사방으로 퍼져 나가 외계 종족 수백만 마리를 덮쳤다.

에너지 파장에 당한 외계 종족들은 한 마리도 빠짐없이 전부 죽음을 맞았다.

그의 검끝에서 펼쳐진 오르간 한 번으로 1억이 넘는 외계 종족이 죽었고, 그 과정은 겨우 수 초 동안 벌어졌다.

전율의 주변엔 짓이겨진 시체만 즐비했다.

더 이상 그에게 달려드는 외계 종족은 없었다. 그들은 전부 모험가들을 상대로 싸움을 이어나갔다.

전율이 피에 묻은 칼을 털어내며 저 멀리 홀로 떨어져 있는 데모니아에게 시선을 돌렸다.

그녀가 피식 웃으며 입을 열었다.

"조금은 성장한 것 같네. 좋아. 그 노력이 가상해서 이번에는 죽이지 않을게. 대신 사지를 잘라놓고 평생토록 내 오물만 받아먹으면서 사는 애완동물로 만들어야겠어."

전율이 눈을 지그시 감고 고개를 모로 꺾었다. 그러고는 감았던 눈을 천천히 뜨고서 과격한 어투로 말했다.

"잡소리 지껄이지 말고 빨리 목이나 내놔, 개 같은 년아."

*　　　*　　　*

데모니아의 미간이 확 구겨졌다.

"죽여달라고 사정을 하는구나. 정 소원이라면 그렇게 해줘야지."

날카로운 음성이 전율의 전신을 옭아매는 듯했다. 짜릿한 기운이 사방에서 전율을 찌르며 압박해 왔다. 그러나 처음 데모니아와 마주했을 때처럼 전율의 혼을 쏙 빼놓지는 못했다. 견딜 수 있었다. 전율은 바로 오늘, 지금 이 순간을 위해 그토록 자신을 단련시켜 왔다.

데모니아의 주변에 검은 구슬 스무 개가 나타났다.

스스스스승ㅡ

"이거 기억나지? 네 사지를 찢어놨었으니, 잊지는 않았을 거야."

어찌 잊을 수 있겠는가.

저 기술에 속수무책으로 당했던 뼈아픈 기억은 아직까지 전율의 뇌리에 그대로 남아 있었다.

"한 번 더 맛보고 그때의 공포를 상기하도록 하렴."

구슬에서 일제히 광선이 쏘아졌다. 예전의 전율이었다면 이미 광선에 당해 피를 쏟으며 바닥을 구르고 있었을 것이다.

하지만 이번엔 아니었다.

'보인다.'

부릅뜬 그의 두 눈엔 빛의 속도로 날아드는 스무 개의 광선이 또렷이 보였다. 그가 몸을 움직였다. 스무 줄기의 광선을 날렵하게 피하며 그의 신형이 데모니아를 향해 날아들었다.

전율은 광속을 초월하는 스피드를 자랑했다.

눈 한 번 깜짝하기도 전에, 그는 데모니아의 지척에 다다라 있었다.

"어머나?"

쉭!

손에 들린 이슈반이 날카로운 궤적을 흘리며 횡으로 그어졌다.

데모니아의 허리가 그대로 잘려 나갔다. 하지만 전율의 검에 무언가가 베이는 느낌은 없었다. 이슈반이 벤 것은 데모니아의 잔상이었다.

"전보다는 나아졌네?"

차가운 음성이 머리 위에서 들려왔다. 데모니아가 입을 열기도 전에 이미 전율은 그녀의 위치를 파악하고 있었다.

쉭!

이슈반이 다시 움직였다.

데모니아가 또 잔상을 남기고 사라지는가 싶더니, 전율의 등에서 화끈한 고통이 일었다.

픽!

"큭!"

그녀의 움직임을 눈치 못 챈 건 아니다.

하지만 전율이 그것을 느끼고 움직이려는 순간 이미 데모니아의 손바닥이 그의 등을 때렸다.

그저 가볍게 밀어버리는 정도의 동작이었건만 전율은 오장육부가 다 뒤틀리는 듯한 고통을 받았다.

하지만 그것은 시작에 불과했다.

퍼퍼퍼퍼퍼퍼퍼퍼퍽!

"크으으으윽!"

데모니아의 손이 전율의 사지를 두들겼다.

데이드릭을 입고 있었는데도 타격당한 부위가 짓이겨지는 듯한 충격이 전해졌다.

"오러 플라즈마!"

전율의 두 주먹에 보랏빛 오러가 맺혔다. 그것을 데모니아의 몸에 번개처럼 꽂아 넣었다.

콰앙!

"흥."

데모니아는 오러 플라즈마가 작렬하기 직전 귀신처럼 홀연히 사라졌다. 허공을 격한 오러 플라즈마는 허무하게 폭발했다.

퍼어어엉!

멀리서 그 광경을 지켜보던 데모니아가 비아냥거렸다.

"오러가 남아도나 봐? 그렇게 막 쏟아버리고 말야."

"닥쳐."

"꼬마야, 이제 지루해, 너랑 노는 거. 살려두고 내 노예로 부리려 그랬는데, 그냥 죽여야겠어. 전력을 다해서 덤비렴? 이번이 네 마지막 발악이 될 테니까. 딱 한 번이야. 두 번은 없어. 무슨 말인지 알지? 공격이 내게 아무런 타격도 주지 못하는 순간 네 머리는 어깨 위에서 떨어질 거란다."

안 그래도 그럴 참이었다.

어차피 데모니아는 목숨을 걸고 덤비지 않으면 이기지 못한다.

레모니아가 자칫 잘못하다간 생명을 잃을 수도 있다고 했던 그 방법. 전율은 그것을 사용하기로 했다.

"소환, 초백한, 팔미호, 디오란, 환, 청룡, 백호, 주작, 현무, 해태, 봉황, 기린, 황룡."

전율은 자신의 소환수들을 전부 소환했다.

"푸하아! 언제 불러주나 했지~! 여기 먹을 것들이 너무 많았거든!"

팔미호가 소환되자마자 환희에 차 소리치며 외계 종족의 시체에서 생기를 빨아먹었다.

조금 전 전율의 비기 오르간으로 죽어나간 외계 종족의 수가 1억이 넘었다. 그리고 지금도 전장에서 모험가들과 외계 종족의 시체는 계속해서 쌓이는 중이었다.

팔미호는 그 모든 시체들의 생기를 계속해서 흡입했고 어느 순간 몸 안에 응축된 에너지가 폭발하며 거센 폭풍이 그녀의 몸 주변으로 휘몰아쳤다.

휘이이이잉—!

그녀가 입고 있던 한복이 거칠게 나부꼈다.

이윽고 꼬리에서 찬란한 빛이 일더니 새로운 꼬리 하나가 자라났다.

팔미호는 드디어 꼬리 아홉 달린 완전체, 구미호가 된 것이다.

슈르르르르.

폭풍이 잦아들고 구미호가 전율에게 다가가 씩 웃었다.

"나 이제 꼬리 아홉 개 됐어, 주인. 어때? 전이랑은 비교도 안 되지?"

구미호의 말대로였다.

단지 꼬리 하나가 더 생겼을 뿐인데 몸 안에서 흘러나오는 기운이 전보다 몇 배 이상 강력했다.

완전체라는 건 그만큼 대단했다.

"어머~ 떨거지들이 늘었네?"

그때 데모니아가 한마디를 툭 던지며 전율과 소환수를 비웃었다. 그녀는 전율을 완전히 깔보고 있었다.

"끼루루루루—! 주인님, 저, 저는 전투에 도움이 안 될 텐데요!"

"저, 저야말로 절대 이런 싸움에 도움이 안 되는 도깨비입죠! 그럼요!"

초백한과 지킴이 환이 데모니아를 보자마자 바짝 쫄아서 바들바들 떨었다.

"아니. 너희들은 도움이 된다."

"그럴 리가 없습니다요!"

"끼루루루루!"

두 소환수는 진저리를 쳤다.

객관적으로 봐도 초백환과 환은 전투에 도움이 되지 않는다. 하지만 일체화를 하는 경우엔 이야기가 달라진다. 전율에게 흡수된 소환수의 힘은 그보다 몇 배 이상의 효과를 보게된다.

전율은 그들과 일체화를 생각이다.

초백한, 환뿐만이 아니라 소환한 모든 소환수들과 동시에 일체화를 진행할 셈이었다.

레모니아가 말했던 일체화에 답이 있다는 건 바로 이걸 두고 한 얘기였나.

아울러 그것이 전율의 숨을 앗아 갈 수 있다는 얘기 또한 무엇인지 알 것 같았다.

전율은 1년이라는 시간 동안 종종 소환수와 일체화를 해보았다.

한데 일체화가 끝나고 나면 피곤이 확 몰려오곤 했다.

그만큼 일체화는 몸에 무리를 많이 주는 기술이다. 때문에 열두 마리의 소환수를 동시에 일체화시키면 아마 몸이 견디지 못할 공산이 컸다.

그 상태에서 전력을 다해 데모니아와 싸워야 한다.

몸을 사리는 그 한순간 전율의 심장에 바람구멍이 날 것은 자명한 일이다.

심한 과부하를 안고서 몸을 사리지 않는다는 건 스스로 저 승길 문턱을 넘어서는 것과 다름없다.

하지만 데모니아에게 죽든, 과부하를 견디지 못해 몸이 조각 나 죽어버리든 어차피 죽는 것이라면.

"데모니아도 함께 데려간다."

전율의 눈에 독기가 어렸다.

"일체화!"

어빌리티 멘들의 우렁찬 대답과 함께 본격적인 전쟁이 벌어 졌다.

"초백한, 팔미호, 디오란, 환, 청룡, 백호, 주작, 현무, 해태, 봉 황, 기린, 그리고 황룡!"

전율이 일체화를 시도했다.

열두 마리의 소환수들이 빛으로 화해 전율의 몸속으로 스며 들었다.

"크음!"

전율이 저도 모르게 신음을 흘렸다.

그의 몸 안에서는 아이니와 페이의 기운을 흡수했을 때보다 더욱 거대한 기운이 팽배했다. 한데 그것은 풍선에 바람을 터 지기 직전까지 불어넣은 것이나 다름없는 격이었다.

전율은 전신이 당장에라도 터져 버릴 것 같은 고통에 이를 악물었다.

"버텨라. 버텨야 돼. 수백 조각으로 찢기더라도… 저년의 목을 먼저 부러뜨리고 난 이후여야 한다."

전율의 전신에 핏줄이 불뚝거리며 튀어나왔다.

눈은 실핏줄이 전부 터져 붉게 물들었다.

그가 고개를 들어 머리 위에서 자신을 농락하던 데모니아를 노려보았다.

순간 데모니아는 섬뜩함을 느꼈다.

짐승.

지금 전율의 모습은 허기에 미쳐 버린 한 마리의 짐승과도 같았다.

'공포를 느꼈다고? 내가? 저따위 하찮은 인간에게?'

데모니아의 가슴이 분노로 가득 찼다. 이건 그녀의 자존심이 허락지 않는 일이었다.

우주 최강의 존재가 바로 데모니아였다.

한데 지구라는 행성에 살던 하등한 종족에게서 공포라는 감정을 느꼈다니? 아주 잠시 잠깐이었다지만 데모니아의 기분을 잡치게 만들기엔 충분한 경험이었다.

"죽여 버릴 거야!"

데모니아가 소리쳤다.

"누가 할 소리를!"

전율이 마주 외치며 데모니아에게 날아들었다.

'딱 한 번. 그다음은 없다.'

전율은 이슈반을 두 손으로 쥐고 검날에 모든 기운을 집중시켰다.

이 한 번의 공격으로 승패가 결정된다. 그가 생각했던 것보다 과부하의 정도가 심했다. 몸이 어느 정도는 견뎌줄 줄 알았건만 아니었다.

이번 공격에 실패하면 굳이 데모니아가 손을 쓰지 않아도 그의 몸이 조각날 게 분명했다.

'제발, 제발, 제발, 제발!'

"으아아아아아아아!"

데모니아의 지척에 다다른 전율이 매섭게 이슈반을 휘둘렀다.

"헛짓거리를!"

데모니아가 두 손을 앞으로 내밀었다. 그러자 응축된 검은 에너지가 커다란 에너지 장(障)을 형성하며 이슈반과 맞부딪쳤다.

콰아아아아아아앙!

두 사람의 기운이 충돌하며 퍼져 나간 충격파가 전장의 곳곳에 거대한 태풍을 불러일으켰다.

정신없이 싸우고 있던 모험가들과 외계 종족들은 갑자기 인 태풍에 휩쓸려 요동쳤다.

태풍을 피한 이들은 너 나 할 것 없이 일제히 전율과 데모니아에게 시선을 돌렸다.

전장에 있는 이들 모두 두 사람의 승패에 따라 전장의 승패도 결정이 될 거라는 걸 알고 있었다.

대결의 결과는 지금 힘겨루기를 하고 있는 일격으로 결정이

난다.

"으아아아아아아아압!"

"까불지 마!"

전율도, 데모니아도 밀리지 않고 자신의 모든 기력을 쏟아부었다. 시간이 흐를수록 데모니아는 점점 더 당황했다.

'어찌 한낱 인간이 이런 힘을……! 말도 안 돼. 이건……!'

"말도 안 된다고! 넌 죽어야 돼! 내 밑에서 기어야 돼! 우주의 모든 살아 있는 것들은 내 발아래 무릎 꿇어야 돼! 내게 대들 수 없단 말이야!"

데모니아의 장이 더욱 강력해졌다.

화가 난 그녀는 힘을 단번에 분출시켜 전율을 제압할 셈이었다. 이에 전율도 똑같이 힘을 분출시켰다.

두 사람의 백 퍼센트가 담긴 에너지 덩어리가 전보다 더한 굉음을 흘리며 전장을 떨어 울렸다.

파직! 파지직!

에너지가 서로 부딪히고 긁히고 깨지며 스파크가 튀는가 싶더니.

콰릉! 콰르르르릉!

사방으로 번개를 뿌려댔다.

이윽고 전보다 더욱 거대한 태풍들이 전장을 뒤덮었다.

암흑만이 가득한 세상에 번개가 치고 태풍이 불어닥치니 그야말로 지옥이 따로 없었다.

"으아아아아아아압!"

"하찮은 자식아, 죽어버리란 말이야!"

데모니아가 악을 썼다. 그와 거의 동시에.

툭! 투툭! 투투둑!

전율의 몸이 과부하에 틀어지기 시작했다.

여기저기 살이 터져 나가며 근육이 끊어지고 피가 솟구쳐 올랐다. 당장에라도 정신을 잃을 것처럼 눈앞이 아득해졌지만 끝끝내 버텼다.

'이대로 죽을 순 없어. 하지만… 더 견딜 수가……'

그때였다.

쩌적!

"……!"

전율의 검을 막고 있는 데모니아의 검은빛 에너지 장에 금이 갔다. 꺼져 가던 전율의 의식에 불이 번쩍 켜졌다.

"으아압!"

전율이 남아 있는 모든 힘을 쥐어짜 그녀를 밀어붙였다.

투툭! 뚜둑! 뚝! 우두둑!

이제는 사지의 뼈가 부러져 나가기 시작했다.

"크아아아아아아아아!"

기합인지 비명인지 모를 소리를 내뱉으며 전율은 계속해서 힘겨루기를 했다.

'이건… 이런 건… 있어서는 안 되는 일……!'

이제는 명백하게 전율의 힘에 밀리고 있다는 걸 느낀 데모니아가 당황해서 눈을 홉뜨는 순간.

쩌저저저적! 차아앙!

검은빛의 에너지 장이 완전히 깨져 나가며 시원한 바람이 그녀의 몸을 훑고 지나갔다.

"흐아악."

전율은 참던 숨을 토내해는 것마냥 기이한 호흡을 내뱉고는 검을 내리그은 자세 그대로 굳었다.

데모니아가 그런 전율에게 손을 뻗었다. 아니, 뻗으려 했다. 하지만.

쩌저적!

그녀의 몸은 거짓말처럼 세로로 완벽하게 두 동강이 났다.

그녀의 눈에 보이는 전율의 모습이 두 개로 나누어졌다.

"아… 거짓말……."

데모니아는 얼른 재생을 하려 했다.

그녀의 능력이라면 머리만 남아도 다시 재생하는 게 가능했다. 그러나 지금 그녀에게 그 능력을 사용할 힘이 남아 있지 않았다. 그녀가 사용하는 힘의 원천은 죽음을 맞이한 시체들의 생기에서 나온다.

데모니아는 몸이 두 동강 난 그 상황에서도 생기를 흡수할 시체들을 찾았다. 하지만 이미 전장의 시체들은 구미호에게 전부 생기를 흡수당한 이후였다.

"거짓말이야, 진짜… 지독한 악몽……."

데모니아는 더 이상 말을 잇지 못했다.

그녀의 몸이 검은 재로 변해 흩어졌다.

영원한 안식이 그녀를 거두어 간 것이다.

그와 동시에 모험가들과 전투를 벌이던 외계 종족들이 신음을 흘리며 괴로워했다.

"어떻게 된 거야? 이긴 거야?"

"리더는? 무사한 거야?"

모험가들이 이 상황을 도저히 믿을 수가 없어서 제들끼리 수근거렸다.

그러는 와중 어빌리티 멘들은 허공에서 천천히 떨어져 내리는 전율에게 일제히 달려갔다.

턱.

전율의 몸이 바닥과 충돌하기 전, 이제린이 그의 몸을 받아 냈다.

"전율 님! 전율 님!"

이제린의 전율의 이름을 불렀다. 대답이 없었다. 그녀가 파리하게 질린 안색으로 전율의 가슴에 귀를 가져갔다. 심장이 뛰지 않았다. 그가… 죽었다.

"전율 님……."

이제린의 눈에 눈물이 고였다. 그녀는 사랑하는 사람을 잃은 비극 앞에서 어떤 말도 할 수가 없었다. 잔혹한 현실을 받아들이기 힘들었다.

그때, 레모니아의 따스한 기운이 모두를 감싸 안았다.

그리고 어둠 속에서 싸우던 모험가들을 그녀의 안식처로 귀환시켰다.

모험가들이 사라지고 난 어둠의 전장 안에서는 데모니아의 지배에서 풀려난 외계 종족들이 허겁지겁 자신의 행성을 향해 도망쳤다.

이윽고는 시체만 남았다.

어둠은 곧 모든 시체들을 집어삼켰다. 이어, 어둠은 데모니아의 뒤를 이을 새로운 데모니아를 잉태했다. 어둠의 자궁 안에서 자라난 데모니아는 곧 태어날 것이고 이전의 데모니아와 달리 어둠으로서 지켜야 할 역할을 충실히 해나갈 것이다.

자신의 욕망을 채우기 위해 죽음까지 거부하며 우주를 손에 넣으려 했던 데모니아는 더 이상 존재치 않았다.

*　　　　*　　　　*

에르펜시아에 돌아온 모험가들은 승전보를 울리지 못했다.

죽어버린 사내를 품에 안고 구슬피 우는 한 여인, 이제린 때문이었다.

그런 그녀에게 레모니아가 다가왔다.

"이제린. 울지 말아요."

"그럴 수가 있을까요? 사랑하는 사람을 잃었는데, 어떻게 울지 않을 수 있을까요?"

"아직 다 끝난 게 아니에요."

"…네?"

"전율 님을 위해 마지막 선물을 준비했거든요."

말을 하며 레모니아가 작은 반지 하나를 건넸다. 그것을 받아 든 이제린은 반지 위에 떠오른 정보를 보고서 깜짝 놀랐다.

—리얼라이즈 링 : 착용하면 타이틀의 힘을 현실에서도 사용할 수 있다. 3회 사용 후 파괴된다.

"리얼라이즈 링!"

레모니아가 고개를 끄덕였다.

"전율 님에겐 언데드 청소부라는 타이틀이 있죠. 링을 착용하면 그 타이틀의 힘을 사용할 수 있을 거예요."

"아……."

레모니아의 설명을 듣고 난 이제린이 얼른 전율의 손가락에 리얼라이즈 링을 끼워 넣었다.

그러자 레모니아가 전율의 이마에 손을 얹고 말했다.

"나, 빛을 관장하는 레모니아의 권능으로 언데드 청소부 타이틀의 힘을 강제 적용시키겠어요."

레모니아의 말이 끝나자마자 전율의 이마에 해골 무늬 검은색 문신이 나타났다. 그리고.

…두근.

조금 전까지 멈췄던 심장이 미약하게 고동쳤다.

"전율… 님?"

"으음……."

이제린의 부름에 전혀 반응이 없던 전율이 신음과 함께 힘
겹게 눈을 떴다.

"이제린?"

"전율 님!"

이제린이 전율을 품에 꼭 끌어안고 펑펑 울었다. 전율은 당
황해서 그런 그녀를 바라보다가 주변을 살폈다. 전장에서 살아
돌아온 수많은 모험가들이 자신을 보며 눈물짓고 있었다.

"죽었다 살아나신 걸 축하드려요, 전율 님."

"레모니아 님……."

레모니아의 미소를 보며 전율은 비로소 알 수 있었다. 전쟁
에서 이겼다는 걸. 모든 것이 끝났다는 걸. 자신이 죽음의 강
을 아직 다 건너지 않았을 때, 레모니아의 도움으로 되살아나
게 되었다는 걸.

전율은 잘 움직여지지도 않는 팔을 억지로 들어 이제린의
머리를 쓰다듬었다.

그에 모든 모험가들이 비로소 승리의 함성을 지르며 박수를
쳤다.

'끝났어… 모든 게 다.'

전율은 피로함을 느끼며 다시 눈을 감았다.

에필로그

데모니아의 죽음으로 어둠의 세력들은 뿔뿔이 흩어졌다.

애초부터 그들은 데모니아의 공포에 억압되어 강제적 복종을 했을 뿐, 자의적으로 그녀의 군단이 된 건 아니었다.

전 우주를 위협하던 어둠의 세력이 와해되고 난 이후, 우주는 빠르게 안정화되어 갔다.

지구 역시 예외는 아니었다.

지구방위연합 어스 뱅가드는 무사 귀환한 전율 및 어빌리티 멘들을 우선 환대해 주었다. 그들은 하룻밤을 푹 쉬었고, 다음 날엔 전장에서 죽음을 맞은 어빌리티 멘들의 혼을 달래주었다.

지구방위연합은 이른바 '우주 전쟁'이라 명명된 이번 전투에서 희생당한 이들을 세계적인 영웅 '월드 히어로(World Hero)'

라 칭하고 그들의 유족들에게 지대한 보상을 지급했다.

뿐만 아니라 그들의 무덤을 가족들이 원하는 곳에 세워주었으며, 유족이 없는 경우 세계의 영웅들을 기리는 '히어로 세메터리(Hero Cemetery)'라는 광대한 묘지 터에 무덤을 만들어 넋을 기렸다.

물론 무사 귀환한 어빌리티 멘들에게도 보상은 주어졌다.

순직한 이들에게 주어진 만큼은 아니었지만, 평생을 다 쓰고도 남을 만큼 어마어마한 돈과 영웅의 칭호가 수여되었다.

그것은 오로지 어스 뱅가드의 독단으로 처리한 일이 아니었다.

모든 세계 기관들이 협력해 회의에 회의를 거듭해서 나온 결과였다.

이러한 결정에 반발하는 이는 아무도 없었다.

그들이 없었다면 지구의 명운은 앞으로 어찌되었을지 모르는 일이다.

목숨을 내걸고 우주로 나가 어둠의 군단을 물리쳐, 전 세계를 위기에서 구했다.

이런 이들이 아무리 많은 보상을 받는다고 한들 누가 뭐라고 하겠는가.

어찌되었든 늘 긴장을 늦추지 못하고 있던 모든 방위 기관들은 비로소 한숨 돌리게 되었다. 그에 따라 지구의 전반적인 긴장감도 많이 완화되었다.

이후로 한 달 동안 지구촌은 축제 분위기였다.

어스 뱅가드 역시 마찬가지였다.

전 세계의 모든 요원이 휴가를 받았다. 하지만 어빌리티 멘들의 경우는 조금 달랐다.

$$*\qquad*\qquad*$$

한 달의 휴가가 다 끝나가는 시점.

전율은 어빌리티 멘들을 전부 소집했다.

전 세계에 따로 떨어져 여가를 즐기던 어빌리티 멘들의 수는 자그마치 11만이다. 그 많은 인원이 전율의 호출 한 번에 열 일을 마다하고 한국으로 날아왔다.

한데 그러면서도 한편으로는 전율의 소집 명령이 의아했다.

데모니아가 사라진 지금, 어빌리티멘들을 갑자기 불러들일 만큼 급할 일은 없었기 때문이다.

모집 장소는 춘천에 있는 어빌리티 멘 전용 돔이었다.

흡사 야구장과 비슷한 형태의 이 돔은 10만이 넘는 어빌리티 멘을 전부 수용하기 위해 지어진 회의장으로, 최대 15만 명까지 품을 수 있었다.

전율은 하루 전 미리 이곳에 도착해 뜬눈으로 밤을 지새우며 어빌리티 멘들을 기다리고 있었다.

약속 시간이 다가오자 돔 안에 하나둘, 어빌리티 멘들이 도착하기 시작했다.

이윽고 모든 이가 다 모였을 때, 전율은 청천벽력 같은 말을 내뱉었다.

"오늘부로 어빌리티 멘은 해체합니다."

"……!"

"……!"

좌중에 무거운 침묵이 내려앉았다.

어빌리티 멘 모두가 충격에 빠졌지만 가장 큰 충격을 느낀 건 전율과 가장 오랜 시간 생사고락을 같이해 왔던 11인의 사범이었다.

"율 리더! 그게 무슨 말이냐는!"

김기혜가 두 주먹을 불끈 쥐고 당장에라도 단상에 날아 올라갈 듯 소리쳤다. 그런 김기혜의 뒷덜미를 장도민이 잡아끌었다. 하지만 장도민은 되레 김기혜에게 끌려갔다. 나머지 선생이 우르르 몰려들어 김기혜의 사지를 잡아당겼다. 그제야 가까스로 김기혜를 제압할 수 있었다.

"말도 안 돼요! 갑자기 왜요! 뭣 때문에!"

김기혜가 눈물까지 그렁거리며 소리쳤다.

사실 김기혜를 말리는 다른 사범들도 같은 심정이었다. 다만 공식 석상에서 전율에게 뭐라고 대들 수 없었을 뿐이다.

전율이 김기혜에게 두었던 시선을 들어 모든 어빌리티 멘을 바라보았다.

"어빌리티 멘의 존속 이유는 외계 종족의 침략에 맞서 싸우기 위해서였습니다. 하지만 그럴 일이 없어진 지금, 어빌리티 멘은 굳이 존속되어야 할 필요가 없습니다. 이미 어스 뱅가드에서도 우리를 부담스러워하고 있는 실정입니다. 우리가 계속 뭉쳐서 생활하는 한 그들에겐 계륵 같은 존재가 될 것이고, 종국엔 우리를 어떻게든 없애거나 무력화시킬 계획을 세울 게 분명합니다."

"그럴 리가요! 우리가 무엇 때문에 싸워온 건데!"

어빌리티 멘 중에 한 명이 격하게 고개를 저으며 외쳤다.

"어스 뱅가드의 전신은 초월고리회입니다. 그들은 예전부터 권력을 오로지해 왔으며 모든 이들의 머리 위에 서고 싶어 하는 성향이 강합니다. 지금이야 우리의 무력이 두려워 함부로 하지 못하고 앞에서는 미소 짓지만 뒤에서는 계속해서 우리를 제거할 기회만 노리고 있을 겁니다. 하지만 저는 그들과 싸우길 원치 않습니다. 전쟁이 끝난 지금, 계속 된 평화가 이 땅에 이어졌으면 합니다. 그러기 위해서는 어빌리티 멘만 사라지면 되는 일입니다. 하여 저는 어스 뱅가드의 대표 리더 케인을 찾아가 어빌리티 멘을 해산시켜 주길 요구했습니다. 그 요구는 받아들여졌습니다."

"……"

또다시 정적이 이어졌다.

너무나 갑작스러웠고 독단적인 선택이었지만 전율의 말이 틀린 건 아니었다. 그래서 딱히 반박할 이야기가 없었다.

"여러분은 앞으로 일반인으로 살아가야 합니다. 일상에서 절대 어빌리티 멘의 능력을 사용하면 안 됩니다. 그 즉시, 어스 뱅가드의 주목을 받게 됩니다. 리더 케인은 우리가 힘을 사용하지 않는 조건으로 해산을 허락해 주었기 때문입니다. 물론 살다 보면 힘을 사용하고 싶을 때가 분명히 올 것입니다. 하지만 끝까지 사용하지 마십시오. 모든 것을 있는 그대로 받아들이세요. 일반인과 똑같이 생활하고 똑같이 경험하다가 똑같이 흙으로 돌아가는 겁니다. 저도… 그럴 겁니다."

전율이 먼저 나서서 일반인처럼 살아가겠다고 말을 했다. 그에 누구도 나는 싫다 주장할 수 없었다. 그리고 이번엔 전율이 확실히 최면의 힘을 사용했다. 때문에 어빌리티 멘들은 일상으로 돌아간 뒤 절대 이능력을 사용하지 않을 것이다.

"이것으로 우리의 여정은 끝났습니다. 데모니아가 사라진 이후 마스터 콜은 닫혔고, 에르펜시아로 가는 길 역시 막혀 버렸습니다. 우리는 여기, 지구에서 우리의 삶을 살아가면 되는 겁니다."

그 말을 하며 누구보다도 전율의 가슴이 먹먹해져 왔다.

에르펜시아로 갈 수 없다는 것은 곧 그의 연인 이제린을 만날 수 없다는 것과 마찬가지이기 때문이다.

한 달간 전율은 한 번도 이제린을 만날 수 없었다.

서로 다른 행성에 사는 그들은 모험가들의 성지 에르펜시아가 아니면 만나는 게 불가능했다.

가슴속 깊은 곳에서부터 치고 올라오는 슬픔을 애써 모른 척하며 전율은 하던 말을 마무리 지었다.

"이건 명령입니다. 불복은 용납지 않습니다. 오늘부로 어스뱅가드 소속 어빌리티 멘은 해체합니다. 다들 나를 믿고 따라줘서 고마웠습니다."

*　　*　　*

"으음."

아직 멍든 하늘이 세상을 덮고 있는 새벽녘.

전율은 잠에서 깼다. 악몽이라고도, 길몽이라고도 할 수 없는 꿈속에서 괴로워하다 저도 모르게 눈을 떴다.

전율은 버릇처럼 스마트폰을 켜 날짜를 확인했다. 그의 입가에 쓴웃음이 달렸다.

'하필 이날…….'

스마트폰에 표기된 날짜는 1년 전 어빌리티 멘이 해체되던 그날과 같았다.

이미 잠이 달아나 눈을 감아봤자 비어버린 시간만 보낼 것 같았다. 자리에서 미련 없이 일어나 몸을 씻고 시리얼로 속을 채운 뒤, 간편한 트레이닝복 차림으로 밖을 나섰다.

이제 세상은 더없이 평화로웠지만 아직도 전율은 눈을 뜨자마자 산에 올라 운동을 하는 것으로 하루를 열었다.

오늘은 다른 날보다 산에 오르는 시간이 빨라졌다.

그러나 별 상관 없었다.

두 시간 빨리 올라왔으니 두 시간 더 운동을 하면 될 일이다.

어빌리티 멘을 해체시킨 이후 지금까지 전율은 한 번도 이 능력을 사용한 적이 없었다. 하지만 강화된 육체의 힘이라든가 상대방의 기운을 읽는 신안 같은 능력들은 굳이 그가 사용하지 않아도 늘 구현되어 있었다. 이것까지는 전율도 어찌할 수가 없는 노릇이었다. 아울러…….

[아침 운동 하는 김에 이제 나 좀 꺼내주면 안 될까, 우리 주인?]

[저도 1년 동안 갇혀 있었더니 갑갑해요, 끼루루!]

[조용히 해라, 미물들아. 안식을 취하는 중이니.]

[청룡님도 솔직히 답답하지 않으십니까요? 저는 바깥 공기가 마시고 싶어 죽겠습죠! 헤헤헤.]

이렇게 전율의 안에서 쉬지 않고 떠들어대는 소환수들의 입도 막을 방도가 없었다.

최대한 무시하고서 운동에만 전념하던 전율은 더 이상 견디지 못하고 대꾸를 했다.

"다들 나오고 싶으면 약속해. 그 즉시 나와 주종의 관계를 해제하고 떠나가겠다고."

소환수들을 소환하는 것 역시 이능력이었다. 해서 전율은 이들이 주종의 관계를 해제하고 떠날 것이 아니라면 소환 자체를 하지 않겠다 마음먹었다.

[흐흥~ 그건 싫은데?]

구미호가 딱 잘라 거절했다.

초백한과 디오란도 같은 반응이었다. 한데 애초에 지구의 위기가 끝나면 주종 관계를 끝내기로 했던 오방신들과 황룡의 권유로 힘을 빌려주기 위해 소환수가 된 봉황, 해태, 기린까지도 왜 계속 전율에게 붙어 있으려 하는 건지 이해가 되질 않았다.

전율은 몇 번이고 그들에게 떠날 것을 종용했으나 그들은 이를 거부해 왔다.

한데 오늘은 달랐다.

[그러도록 하지.]

황룡이 바로 수긍했다.

"어쩐 일로 심경의 변화가 생긴 거지?"

[이제 우리가 없어도 네 공허를 채워줄 이가 나타날 테니까.]

"무슨……"

[네가 데모니아를 잡고 에르펜시아에서 지구로 귀환하던 날, 이제린과 헤어지며 가슴에 공허가 가득했다.]

맞는 말이었다.

전율은 그날 이후 한시도 이제린을 잊은 적이 없었다.

[네 감정은 소환수인 우리에게 그대로 전해졌기에 우리는 널 그냥 두고 떠날 수가 없었다.]

"한데 지금은 왜 떠난다는 거냐."

[말했잖은가. 네 공허를 채워줄 이가 나타날 것이라고.]

"설마……?"

[주종의 계약을 파기해야 할 때가 다가오니 우리를 소환해라.]

전율은 모든 소환수들을 소환했다.

소환수들은 전율의 뒤에 무질서하게 늘어섰다.

그중 황룡을 비롯한 사방신과 해태, 봉황, 기린이 동시에 같은 곳을 바라봤다. 하늘이었다. 전율도 그들을 따라 시선을 옮겼다. 그때였다.

번쩍!

환한 빛 한 줄기가 하늘에서 떨어져 내렸다. 그 빛은 전율의 코앞에 작렬하며 사라졌다.

"어?"

전율은 빛이 명멸한 자리를 보며 그대로 굳어버렸다.

그곳엔 그토록 그리워했던 여인이 전율을 미소로 바라보며 서 있었다. 이제린이었다. 한데 엘프의 특징이랄 수 있는 뾰족한 귀가 사람의 귀와 똑같은 모양으로 변해 있었다.

"이제린? 어떻게……."

이제린이 전율의 품에 와락 안겼다.

"율 님! 보고 싶었어요."

전율이 놀란 가슴을 진정시키며 다시 물었다.

"어떻게 된 거야, 이제린?"

그 말에 이제린이 오른손을 쫙 펴 보였다. 그녀의 약지엔 리얼라이즈 링이 착용되어 있었다.

"리얼라이즈 링?"

"네. 제 타이틀 능력 중 하나가 차원 이동이었어요. 마스터 콜에 접속해서 전장을 돌다 위험해지면 사용하려고 했었어요. 마스터 콜의 공간과 제가 사는 행성은 다른 차원이니까요. 그런데 다행히 그런 일은 없었어요. 이후로 링을 모아 리얼라이즈 링을 샀어요. 무언가 현실에서 사용할 수 있는 타이틀이 있겠지 싶어서요. 그런데 아무것도 사용하지 않고 있다가 최후의 전장까지 가게 되었죠."

"그럼 데모니아를 잡고 난 다음……."

"네. 에르펜시아에서 복귀환 뒤 리얼라이즈 링으로 타이틀의 힘을 사용했어요. 전율 님의 기운이 느껴지는 곳을 목적지로 정했죠. 전 바로 지구에 올 수 있을 줄 알았는데, 그게 상당히 오랜 시간이 걸려 버린 것 같아요."

이제린은 자신이 차원 이동을 하며 얼마나 많은 시간을 보낸 건지 인지하지 못하고 있었다. 아니, 이제 그런 건 중요치 않았다. 어쨌든 그녀는 지구에 도착했고 전율을 만났으니 말이다.

"그랬구나. 한데 귀는 어떻게 된 거야?"

"타이틀의 힘이에요. 외형을 변형시킬 수 있는 '어릿광대의 화장' 능력을 얻었었거든요."

귀가 보통의 인간과 똑같으니 그녀는 영락없는 외국인이었다. 그것도 어지간한 할리우드 여배우들의 뺨을 치고 남을 정도의 외모와 몸매를 겸비한 엄청난 비주얼의 외국인 말이다.

"잘 왔어, 이제린."

이제린의 눈에 눈물이 맺혔다.

그녀가 고개를 끄덕이며 다시 한 번 전율의 품에 안겼다. 전율은 이제린의 머리를 쓰다듬어 주며 황룡을 바라봤다.

"괜히 신수가 아니군."

"그런 것도 모르면서 신수라 하면 창피하지."

황룡이 좀체 하지도 않던 농을 던졌다. 전율은 저도 모르게 피식 웃었다.

"이제 작별할 시간이다."

"그래야지."

전율이 모든 소환수들과의 계약을 끊었다. 지배하는 건 어려워도 관계를 끊는 건 순식간이었다.

소환수들과 전율을 이어주던 정신의 끈이 사라졌다.

하지만 소환수들은 바로 사라지지 않고 전율의 주변에 모여 서서 재회의 기쁨을 나누는 두 사람을 지그시 바라보았다. 그 순간만큼은 구미호도 진심으로 미소를 지으며 둘을 축복해 주었다.

"이제 두 번 다시 떨어지지 말아요."

이제린이 전율을 더욱 강하게 끌어안았다. 그녀는 자신의 모든 것을 버리고 지구에 왔다. 그런 여인을 어찌 두 번 놓치겠는가.

"응. 두 번 다시 그럴 일 없을 거야."

함께 전장에서 목숨을 걸고 싸웠던 한 쌍의 남녀가 곱게 포개져 한참을 떨어지지 않았다. 그런 그들을 웅장하고 아름다운 신수와 정령왕, 도깨비가 둘러싸 축복의 시선을 보내고 있었다.

그 광경이 마치 신화 속의 한 장면처럼 성스럽고 아름답기 그지없었다.

『리턴 레이드 헌터』 완결

허담 新무협 판타지 소설
FANTASTIC ORIENTAL HEROES

신력을 타고났으나 그것은 축복이 아닌 저주였다.

『십자성 - 전왕의 검』

남과 다르기에 계속된 도망자의 삶.
거듭된 도망의 끝은 북방 이민족의 땅이었다.
야만자의 땅에서 적풍은 마침내 검을 드는데……!

"다시는 숨어 살지 않겠다!"

쫓기지 않고 군림하리라!
절대마지 십자성을 거느린
적풍의 압도적인 무림행이 시작된다!

paráclito

빠라끌리또

FUSION FANTASTIC STORY

가프 장편 소설

막장 비리 검사가
최고의 검사로 거듭나기까지!
그에겐 비밀스러운 친구가 있었다.

『빠라끌리또』

운명의 동반자가 된 '빠라끌리또'가 던진 한마디.

-밍글라바(안녕하세요)!

그 한마디는 막장 비리 검사, 송승우의
모든 것을 통째로 리뉴얼시켜 버렸다.

빠라끌리또=Helper, 협력자, 성령.

Book Publishing CHUNGEORAM

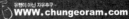

유행이 아닌 자유추구 -
WWW.chungeoram.com